萬里雲開

王家歆 著

自序

本書所收的一二〇篇文章，是二〇〇五年到二〇〇九年之間的作品，花了三年多時間才寫成。書能完成、出版，和我的一個小構想有關。

三年前的四月（二〇〇五年四月），我和老婆上了一趟台北，主要是去國家圖書館。老婆沒去過國家圖書館，想去看看，我也多年沒去國家圖書館，就一起去國家圖書館。

在國家圖書館中，看到一架架的碩士、博士論文，也看到許多新出版的書。翻看這些論文、新書時，我突然有個奇怪的想法：我也可以寫本書，也能出本書。過去我出過幾本書，都是些論文，這次我想出本雜文集。

回到台中後，仔細一想，有點心灰意冷。出本書最少要十萬字吧！那要花多少時間寫啊？工作忙碌，俗事纏身，還要抽時間寫書，談何容易。

想了又想，靈光一閃，有了個小構想。這構想就是：何必辛辛苦苦寫書，難道不能輕輕鬆鬆寫書嗎？我想到個簡單方法，每星期六或星期日，花一小時到兩小時，寫篇一千字左右文章。寫完後，可以放在我的部落格上。

這是很輕鬆的寫書方法，一星期誰抽不出一、兩小時呢？只要有耐心，持續寫下去，就很驚人了。一年可以寫五十二篇，五萬多字，三年可以寫一五六篇，十五萬多字，足夠出一本書。這是聚砂成塔，靠的是恆心、毅力。

自己的構想，當然得自己先實踐。這本書就是用這種方式，持續寫了三年多，一共寫了一九〇多篇，在出版時，限於頁數，精選了一二〇篇。如果要說這本書的特色，那就是這種獨特的寫作方式，大概很少人會用這種方式寫書。

曾和親朋好友，陸陸續續提過我的小構想。希望別人也能將一些生活經驗、雜事寫下來。一旦寫成文字，就會留下紀錄；如果不寫，很多事情時間一久也就淡忘了。

這本書的書名，是來自唐代了拳和尚（慚愧祖師）四十九歲圓寂時的一首偈：「四十九年，無繫無牽。如今撤手歸空去，萬里雲開月在天。」本來想用「萬里雲開月在天」為書名，同事廖藤葉老師建議用「萬里雲開」，就聽同事的話，以此四字為書名。

本書各篇原來是依時間順序排列，在出版前，重新分類排序，分成五卷：卷一、往事。回憶往事的文章。有十八篇。卷二、生活。最近幾年的生活點滴。有廿二篇。卷三、我思。一些想法、讀書心得。有廿六篇。卷四、社會。和社會有關文章。有二十篇。卷五、科技。談科技的文章。有二十篇。卷六、其他。無法歸類的文章。有十四篇。六卷共有一二〇篇。所用文字，力求淺顯，平鋪直敘，以達意為主。

本書編印時，承本校蔡朝益老師、拙荊徐敏禎女士代為校正，特此致謝。

民國九十八年三月王家歆序於台中

目次

卷六　其他

卷一　往事

驚險入海關

第一次出國旅遊，是到韓國去玩。到了韓國，通過海關後，第一件事，是找鞋店買鞋子。為何要買鞋子呢？看了下文就知。

首次出國，心情既興奮又緊張。一大早起床，到機場會合旅行團。第一次坐飛機，也很新奇，原來機艙裡很多噪音。到了韓國，飛機落地，準備入境。

君子無所爭，當然是禮讓其他團員先通關，我排最後一位。別的團員通關後，就到樓下拿行李，剩我一人在樓上通關。這是我第一次出國，第一次通過異國海關，因為沒經驗，心裡忐忑不安。

送上護照，韓國海關關員檢查後，就揮揮手，要我走過金屬偵測門。「哇！」慘了，金屬偵測門突然「嗶！嗶！」響了，我呆住了，不知如何是好。想叫領隊協助，但領隊和其他團員已到樓下拿行李，有段距離，叫也叫不到。

關員叫我到旁邊，要我把身上所有東西都掏出來，皮帶解下，放在籃子裡。再走第二次，怪了，金屬偵測門又「嗶！嗶！」叫。我腳開始發軟，心裡驚慌。口袋沒東西，皮帶也解下了，怎麼還會響？難道我體內有金屬。這是異國海關，語言不通，怎麼辦？腦海裡浮現可怕的影像，該不會被關到監獄吧！

關員有經驗，叫我到旁邊，要我把鞋子脫下，拿雙拖鞋要我穿上，再走第三次金屬偵測門。謝天謝地！老天保佑！這次金屬偵測門安靜無聲，沒有催魂「嗶！嗶！」聲。終於通過海關，我已經汗流浹背，滿身冷汗了。

顯然問題就在鞋子上。出國時，沒仔細考慮，隨便穿雙鞋子就出國。這是雙舊鞋子，鞋底曾經補過，鞋匠用小鐵釘補鞋跟。金屬偵測門探測到鞋底的小鐵釘，就嗶嗶叫。那為何出國時，經過金屬偵測門沒響呢？事後打聽才知道，原來一九八七年十一月廿九日，北韓女間諜金賢姬在韓航客機上放炸彈，飛機在緬甸附近印度洋海域爆炸，死一一五人。所以，韓國檢查特別嚴格，金屬偵測門特別靈敏。

到漢城，趕快找家鞋店，買雙新鞋，換上新鞋，安心多了。後來，我又多次出國旅遊，有了第一次經驗，每次出國前，都先檢查鞋底。過海關，我都特別小心。隨身背一背包，在過金屬偵測門前，我會先把身上所有東西拿出，放在背包裡。背包從旁邊X光檢查儀滑過，我則身無一物，通過金屬偵測門。通過之後，再把東西放回口袋。通過金屬偵測門時，再也不曾聽到「嗶！嗶！」。

（九十四年七月十七日）

賽狗場的六個數字

出國旅遊，免不了會去賭場逛逛。到了賭場，當然要試試手氣，總是輸多贏少。賽狗場也是一種賭場，賭的是狗。這家賽狗場在澳門，導遊帶我們去的，到賽狗場已經天黑，開始賽狗了。

賽狗場約中型體育場大，有梯形大看臺，看臺對面有個大型電子螢幕。後來才知道，這是「逸園賽狗場」，是亞洲唯一的格力狗（台灣稱為灰狗）賽狗場。

坐在看臺上，對面的大型電子螢幕，數字不斷變換，我想投注碰碰運氣。這時，參賽的幾隻狗，都牽出來了，每隻狗身上有個二位數號碼。看來看去，實在看不出門道，不知該賭那隻狗。

正在東張西望時，突然注意到一位中年男子。他穿著普通，手裡拿著狗經，正站在賽狗場欄杆邊，看來是賭狗老手，不如問問他。「先生，請教一下，賭那隻狗較好？」「※＃＄％◎」慘了！說廣東話，聽不懂。沒關係，再問一次。「先生，您聽得懂普通話嗎？」中年男子點了點頭。我趕快拿出紙筆，遞給中年男子。「請幫幫忙，指點一下。」中年男子寫了幾個數字。

接回紙筆，低頭一看，竟然是六個數字。真奇怪！一隻狗只有二位數號碼，怎麼寫的是六個數字？不知是何意？再抬頭，中年男子已經消失在人潮中。算了！不管他了，隨便買好了。我隨便買了個號碼。

終於，開始賽狗了。狗放出來，電動兔子飛快奔馳，狗拼命追電動兔子，全場氣氛緊張。很快就跑完了，成績出來，我買的號碼沒中。拿出中年男子寫的數字，咦！六個數字的前兩位數字，就是跑贏的狗號碼。嗯！大概是巧合吧！

第二場又開始了，我不投注，坐在看台上看賽狗。第二場結束，成績出來。怪了！竟然是中年男子寫的六個數字，中間兩位數字，真是太巧了。我呆呆想著：第三場不可能是最後兩位數字吧！

第三場結束了，得勝的竟然就是最後兩位數字。我恍然大悟，原來中年男子寫的是三場賽狗，三隻得勝狗的號碼，竟然三場都猜中了。而我卻一再遲疑，白白錯過發財機會。唉！

天色昏黑，賽狗場人擠人，聲音吵雜。迷迷糊糊，好像做了一場夢。我確實去了賽狗場，到底有沒有中年男子，倒有點不能確定了，或許是幻覺吧。

（九十四年六月六日）

殺風景

有年暑假，參加江南七日遊，到大陸欣賞神州風光。先從南京入境，然後到無錫、蘇州。一路上，山明水秀，景色怡人。

領隊是個年輕小夥子，幽默風趣，幾天下來，大家都混熟了。這年輕人口才好，人也瀟灑，但就是有一點，讓人看了不太順眼。他留了幾公分長的指甲，像個大姑娘似的，增添了些脂粉氣。

逛著逛著，就到了水鄉周莊，參觀了沈萬三後裔建的沈廳。晚上沒事，一群人到領隊房間聊天。聊到高興時，領隊就說了：「今天到周莊，在街上蹓躂，看到幅山水畫，畫的真好，我買下來了。」好畫，引起好奇心，大家起鬨，央求領隊拿出來看看。

拿出畫，原來是幅國畫，畫在宣紙上，還沒裱褙。旅館地上鋪著地毯，畫就攤開，放在地毯上。大家圍著看畫，你一句，我一句，交相稱讚。你看，那山、那雲、那石頭、那綠樹、遠處人家、近處流水，畫的真好，意境又高，買對了。

人人都說畫好，買的人有眼光。領隊愈聽愈高興，就手指著畫，指指點點，評論起畫。正在一團高興，笑語連連時，突然「嚓！」一聲，畫戳破了。

一時之間，你看我，我看你，面面相覷，不知如何是好。原本七嘴八舌，現在鴉雀無聲。這可怪不得咱們，是領隊自己的長指甲戳破的。靜默半晌，有人說了：「回台灣，裱起來就看不到破洞了。」旁邊的人，一邊應和，一邊開溜，一下子，全都走光了。唉！真是殺風景。

說起「殺風景」這三字，出自晚唐詩人李商隱《類纂》卷上，當中舉了十二件敗人雅興，殺風景的事。這十二件事是：花間喝道、看花淚下、苔上鋪席、斫卻垂楊、花下曬裩、游春重載、石筍繫馬、月下把火、妓筵說俗事、果園種菜、背山起樓、花架下養鷄鴨。現在可再增添一條，看畫戳破。

第二天，在車上，大家很有默契，絕口不提這件事，當作沒發生過。領隊卻垂頭喪氣，還在傷心他的畫。從此之後，我學會了一件事：買到好東西，千萬不要獻寶，東看西看，弄壞了，可是自己損失。

（九十四年五月廿九日）

＊本文刊登於九十四年七月廿三日中國時報「浮世繪」。題目沒改，內容略有刪改。

延吉見聞

幾年前，在偶然機緣下，到了東北吉林省延吉一遊。延吉是延邊朝鮮族自治州的首府，很多風貌和台灣不同，處處帶給我新鮮感。當時做了些筆記，現在抽空把筆記整好，寫成「延吉見聞」。

延吉的人：一、當地的朝鮮族友人告訴我，在延吉，朝鮮族社會地位高於漢族。街上茶座、練歌廳，比較高級的商店，都是朝鮮族所開。擺攤販，賣蔬果、小吃的，多為漢人。二、在風景區，我看到朝鮮族男女邊吃飯，邊唱歌，邊跳舞，朝鮮族應該是一樂觀、歡樂的民族。三、朝鮮族男子喜喝酒、大男人主義，大概是傳統觀念影響。

街頭所見：一、河流將市區分成南、北兩區，北市區較熱鬧，最熱鬧的街道叫光明路。二、滿街都是計程車（的士），市區內一律五元。計程車司機座位沒圍欄杆，和上海等地不同，似乎搶計程車司機者較少。三、公車為連結公車，兩輛車子連結，和上海等地相同，台灣沒看過連結公車。四、卡拉OK叫「練歌廳」，每次一百元人民幣，供應數瓶啤酒，不限時間，任意歡唱。五、街上有茶座，設備雅緻，供人閒坐聊天，每次約二十至三十元人民幣。六、街上招牌，大多有中文、韓文兩種字體。

延吉生活：一、街上有不少狗肉店，賣狗肉火鍋。坐車去長白山途中，看到一家工廠，門口掛著「殺狗場」三個字。車子經過工廠門口時，正好有位工人推著板車出來，板車上堆滿剛殺好的狗。可見殺狗、吃狗肉在當地是很普遍的事。二、夜間商店關門，有小攤販。夜間街上有單身女子行走，治安應良好。三、人民公園前清早有市集，主要是賣菜攤位，鋪在地上賣。亦有賣衣服攤位，價廉，品質不佳。四、馬鈴薯，大陸稱土豆，比台灣馬鈴薯小。青椒、茄子都比台灣小，可能品種不同。

其他：一、延吉距長白山，約三百公里，公車票價五十五元人民幣，當日來回。早上車子開到長白山登山口，乘客下車爬山，下午等遊客下山，車子再開回延吉。二、有所謂「色拉」，其實就是把作料放在挫冰上。三、街上賣烤玉米攤販，不知塗調味料，玉米烤好，未塗調味料，即賣出。四、和延吉人聊天，才發現他們不懂標會。五、夏天延吉很熱。到延吉人家作客，發現房間有暖器設備，冬天東北很冷，需用暖氣。

後記：前段日子，有網路流言，提到延吉有賣狗肉泡麵，泡麵包裝上還有韓文。追流言的編輯，以為狗肉泡麵上有韓文，可能還外銷韓國。我特別寫封信去，說明延吉同時使用中文、韓文，泡麵上有韓文，可能就只在延吉賣，並非外銷。

（九十五年九月十七日）

首都機場的經驗

首都機場在那裡？就在中國大陸北京，是國家機場。我偶然到過一次首都機場，卻留下極不好的印象。最近，常在電視看到首都機場，又勾起了我的回憶。簡單說，首都機場騙徒橫行，我被騙了。國人到首都機場，要特別小心。

那是幾年前，一個星期日上午，我隻身從東北飛上海，在首都機場轉機。就在短短的幾小時轉機時間，竟然被騙了。我從沒想到國家機場，竟然會有騙徒，太不可思議了。後來我發現，首都機場裡，有好幾組騙徒，專門騙外地人錢。

當時我從東北飛到北京，剛下飛機。正在首都機場二樓大廳，擁擠的人群中，看飛機時刻表時，突然身邊有人問：「先生，你會說普通話嗎？」我轉頭一看。是位穿著時髦的中年婦女，手裡還拿著大哥大。我問：「有什麼事？」對方說：「先生，我和女兒，從包頭來，經過北京，要回深圳。可是坐的士（計程車）被騙了，身上沒錢，無法回去。先生，請幫幫忙。」

話說完，伸手一指。果然不遠處，站著個年輕女孩，手裡拖著登機箱。

事後想起，中年婦女話中破綻極多。但當時在人來人往吵雜的首都機場，一時之間，也沒細想。當時只想，我第一次來大陸，遇到大陸同胞有難，正是幫助大陸同胞的機會，這樣也不虛這趟大陸之行。

我問：「到深圳要多少錢？」我沒去過深圳，真不知北京到深圳要多少錢。

她說：「坐火車要四百元。」「人民幣四百元？」「對。」

盤算一下，轉機票在東北已經買好了，身上正好還有四百元人民幣，還有些美金藏在褲腰密袋中，隨時可換人民幣。

我拿出了身上僅有的四百元人民幣，遞給中年婦女。我怕被騙，還說：「那妳留個地址、電話。回到深圳，要把錢寄還給我。」我也留了台灣的地址、電話，心裡卻想：「四百元折算台幣約一千六百元，不算多，不還就當成做善事。」我還好心的說：「趕快坐火車回去吧！」

那母女走了，我繼續看飛機時刻表，心裡還為做善事而高興。不過，幾分鐘之後，就化喜悅為忿怒，我發現我被騙了。怎麼發現的？我繼續看飛機時刻表時，突然又聽到旁邊有人問：「先生，你會說普通話嗎？」我一看，又是個中年婦女。天底下，怎會有這麼巧的事。我知道狀況不對，故意裝傻問她有什麼事，她又說了另一套藉口，伸手一指，又是個年輕女孩拖著登機箱。唉！

後來我仔細觀察，大約還有三組騙徒和人搭訕。我下樓報警，公安馬上陪我上樓，那些騙徒一哄而散。我的錢，再也拿不回來了。

（九十四年五月一日）

＊本文刊登於九十四年六月十日自由時報。題目被改為：〈也來這套〉。文字被報紙編輯刪改不少。

大陸常用語

民國三十八年國民政府播遷來台，民國七十六年開放大陸探親，海峽兩岸大約阻隔了三十八年。在這三十八年中，海峽兩岸停止交流，各自發展。等到雙方再度來往時，發現有許多常用語，竟然大不相同，造成溝通障礙。

台灣人去大陸旅遊時，常會發現一些和台灣不同的常用語，必須問大陸同胞，才知道意思。反過來說，大陸同胞到台灣旅遊，也可能碰到同樣狀況。今年（民國九十七年）即將開放大陸同胞來台灣旅遊，大陸同胞大概也會遇到鴨子聽雷的狀況。

我並不是研究大陸常用語的專家，只是在旅遊、閱讀、看電視、報紙，接觸到一些大陸常用語。根據我的經驗，大陸常用語大概可以分成下面幾類：

一、舊詞異義。比如大陸到處可見「酒家」，指的是一般飯館，這是舊詞彙。杜牧〈清明〉：「借問酒家何處有，牧童遙指杏花村。」可見晚唐時就已經有這詞彙。台灣也用「酒家」這詞彙，指的是有女子陪坐，花天酒地的場所，一般公務人員不能上酒家。如果大陸觀光客不明就理，肚子餓要上「酒家」吃飯，那恐怕要花不少錢，才能脫身。類似的詞彙，還有「雞婆」。在台灣，「雞婆」指熱心喜歡多管閒事的人，並沒有貶責之意；在大陸，說人「雞婆」，是在罵人，對方會生氣。

二、外語直譯。國語中有不少外來語，有直譯的，也有意譯的。大陸普通話中，也有不少外來語，許多是直譯的，和台灣用法不同，台灣遊客常會看不懂。比如大陸街上常見的「桑拿」，一般台灣遊客都看不懂，一問之下，才知道是英文sauna的直譯，和台灣的「三溫暖」差不多。在Google輸入「桑拿」，竟然出現「約有10,200,000項符合桑拿的查詢結果」，可見「桑拿」的普遍。又如「克隆」一詞，大陸同胞都懂，台灣遊客看了滿頭霧水。原來「克隆」是英文clone的直譯，複製之意。台灣說的複製羊、複製人，到大陸就變成「克隆羊」、「克隆人」。又如「叫床」，在台灣直接講morning call，和大陸用法不同。又如「的士」（計程車），延伸出的「打的」（坐計程車），和外來語有關。

三、特殊詞彙。比如「軟件」（軟體）、「鼠標」（滑鼠）、「黑客」（駭客）、「博客」（部落格）、「激光」（雷射），有些是外來語意譯。又如「師傅」、「公安」、「武警」、「西紅柿」（蕃茄）、「彌猴桃」（奇異果）、「總台」（旅館櫃台），在台灣都很少用。我去東北旅遊，見過兩個特殊詞彙：「練歌廳」（卡拉OK）、「色拉」（類似三種冰，但冰在下，作料在上。應該是英文的salad，台灣翻譯成「沙拉」）。

隨著海峽兩岸來往的頻繁，這些詞彙也可能慢慢統一，雙方溝通會更容易。當然也可能雙方詞彙融合在一起，創造出新詞彙。

（九十七年六月廿二日）

奮發的人生

每個人的人生都免不了挫折，有時遇到小挫折，有時遇到大挫折，大挫折往往會影響或改變我們一生。我們無法逃避挫折，卻可以選擇如何面對挫折。

我讀書的時代，還有惡補、初中聯招。國小惡補後，我參加初中聯招，考上台中市三中。家在台中縣霧峰鄉，每天我從霧峰坐車到台中市中正路口，再走路到學校，來回通車加走路大概要二小時。

我一直渾渾噩噩過日子，每天就是通車、上課、回家。回了家，就看看電視，和弟妹玩耍。不注意功課，不知道要認真讀書，天天貪玩，能混就混。還好當時社會比較淳樸，我並沒有學壞，只是功課差得一塌糊塗，成績單都是滿江紅，每學期都要補考，初中總算勉強畢業了。

畢業後，要升學，問題就來了。我參加了高中聯招，考上最後一所學校武訓中學。又參加高職聯招，考上光華高職。再參加五專聯招，只考上僑光商專。這時，我遇到了生平第一次大挫折，台中地區能考的學校都考了，卻沒考上一所理想的學校，怎麼辦？

最後，父母和我商量，決定讓我去讀在中興新村的中興高中。可是中興高中日間部已經考完試了，不得已之下，我只好去讀中興高中夜間部。

這對我而言是個極大挫折。我是家中老大，父母對我期望很大，現在卻只能讀個夜間部。不只是父母失望，感覺左鄰右舍也投以異樣眼光，認為我不成材。

受到這種打擊，我當時有個想法：「佛爭一柱香，人爭一口氣」，周遭的人認為我不行，我偏偏要爭一口氣，好好的表現給你們看，不要被人看扁。於是，我開始奮發努力，只要不被挫折打敗，一定可以克服挫折。

晚上上課，白天沒事，我一方面認真研習學校功課，同時也把初中課本拿出來，從頭看一遍。尤其是英文，從字母學起，一課課認真的讀，認真的唸。

功不唐捐，下苦工，一定有收穫。我的功課開始好轉，成為班上前幾名。除了功課，其他方面也都有很好的表現。總之，就是循規蹈矩，品學兼優，成為師長眼中的好學生，讓親友、鄰居也刮目相看。我重新開始我的人生，好像變了個新人似的。

隔年，我參加台中區轉學考試。雖然我在夜校已經是班上前幾名，畢竟和城市學校還是不能比，轉學考結果我降級錄取台中二中。

在台中二中的三年，我奮發努力，不敢鬆懈。三年之後，參加大專聯招，終於考取了國立大學。全班五十多人，只有六人考上大學，我是第二名。總算是爭了一口氣。

（九十四年十月廿三日）

我與游泳

夏天到了，天氣炎熱，正是游泳的季節。各游泳池、海水浴場，常人滿為患。只要肌膚沾到水，就能帶來股涼意，消消暑。

台灣雖然四面環海，但很多人不會游泳，或許學游泳和人生很多事一樣，多少要有點機緣。我的機緣，時間在高一，地點在學校旁邊。當時我讀中興新村的中興高中，學校旁邊就有座小游泳池。我讀夜間部，白天沒事，正好學游泳。

時間隔了太久，學游泳已經是三十年前的事，記憶模糊不清。但我可以確定，我沒上游泳班，因為我沒錢，小游泳池也沒游泳班。

既然沒參加游泳班，沒老師教導，那我是如何學會游泳的呢？很簡單，看書學的。我去圖書館借了游泳書，照著書學游泳。在泳池中，也觀察別人泳姿，就這樣學會了蛙式，游起來還真像大青蛙。我也曾想學自由式，照書練習，怎麼也學不會，能學會蛙式，會換氣，我也就滿足了。

學會不久，考驗就來了。高一暑假，我參加了救國團辦的海上活動隊，當時膽子真大，第一次一個人離家到外地去，也不害怕。我坐慢車，坐了很久很久，約五、六個小時，到高雄左營報到。我還記得是在桃子園海灘訓練。

報到之後，首先就是分甲、乙、丙三組。分組方法很簡單，不會游泳的在丙組，會游泳的全部下游泳池游泳。我還弄不清狀況，就被趕下水。一下水，就喝了口水，鹹死了。沒想到這是座海水游泳池，池水直接從海裡抽上來，可看到一群群小魚，在池裡游來游去。我拼命游，結果被分到乙組，我很滿意。

海上活動隊，每天不是在游泳池，就是在沙灘。在沙灘，就教蛙人操；在游泳池，就讓我們游泳。有兩件事印象特別深刻：一是滑水。丙組沒機會，甲組、乙組可滑水，但乙組要穿救生衣。汽艇先載我們到外海，然後跳入海裡，趴在汽艇後面的滑水板上，手拉著把手。輪到我時，心裡很緊張，趴在滑水板上，不敢站起來，後來終於鼓足勇氣站了起來，才站不久，汽艇就停下來，換人了。一人只能滑一次，真不過癮。汽艇上的學員都滑完後，就叫我們全部跳下海，自己游回海灘。這是我生平唯一一次，在踏不到底的海中游泳。

另外就是上救生課。老師說，女孩最好救，從後面靠近，一把抓住頭髮就好了。另外要注意：人溺水時，一抓住東西就不放，萬一被抓到，一般人都是拼命往水面游。老師說，這樣不行，往水面游，溺水人更是抓著不放。正確方法是要往下沉，溺水的人才會鬆手，再設法救人，不能同歸於盡。

後來，我曾在許多不同游泳池、不同地方游泳。儘管我的泳技還不錯，可以游個幾百公尺。但我都很小心，每次都盡量靠近泳池邊游，絕對不冒險在中間游泳。有機會，我也會教教人，比如我妹妹就是我教她蛙式換氣的。

（九十五年八月十三日）

換血型

不是輸血，不是換血，是換血型。我的血型，由B型，換為A型，再由A型，換回B型。

從小，一直以為自己是B型。爸爸是O型，媽媽是B型，五個孩子，最小妹妹是O型，其他四個孩子都是B型，可說是B型家族。

高中畢業，考上大學，上成功嶺，參加大專集訓。軍中要抽血檢驗。看到檢驗報告，我以為眼花了，揉揉眼再看，真的是個大大的A字。A型？A型！怎麼可能？

O型爸爸、B型媽媽，怎麼會生出A型孩子？小時，不聽話，媽媽常嚇唬，說我是從垃圾筒撿來的。難道我真的不是爸媽的孩子，是撿來的？

可想而知，在成功嶺的日子，過得心神不寧。常常鬱鬱寡歡，心事重重，還真像個A型人。下了成功嶺，沒勇氣問父母，只把疑慮藏在心裡。有一天，和阿姨聊天，忍不住，把事情告訴了阿姨。

幾個月之後，我在台中上大學，突然接到高雄打來長途電話。「小寶啊！阿姨說你是A型？怎麼回事？」原來是阿姨把血型事，告訴了媽。媽一聽，這還得了，立刻打長途電話來，電話中，一再要我去驗血。

找了家檢驗所，抽血、驗血，結果出來：B型。打電話回報，媽要我再找一家檢驗所，再驗一次，又受一次皮肉之苦。結果還是：B型。原來，我還是爸媽的親生骨肉。

事後仔細一想，嚇出一身冷汗。如果，我在成功嶺受傷開刀，醫生照紀錄輸A型血，那我就小命不保。再說，血型弄錯，有兩種可能：一、驗錯了。可能性較低。檢驗師技術應該不會那麼差。二、把血弄混了。可能性較高。也就是說，還有個倒霉鬼，本來應該是A型，和我的血弄混，被驗成B型。願上天保佑那個倒霉鬼。

最近，看到報導，韓國女孩討厭B型，認為B型男人「自私善變、脾氣暴躁、用情不專」，不願交B型男友。甚至還有韓片，片名是《我的B型男友》。B型不好？A型、O型、AB型，就一定好嗎？我很懷疑。

某種血型，會有某種性格，這是德國傳到日本的說法。德國納粹認為德國人大多是A型、O型，優於B型居多的猶太人。其實，這種說法不但沒有科學根據，而且還帶有種族偏見。奇怪的是，竟然有不少人相信這種說法。

如果血型說可信，那B型人開刀，接受O型輸血，開完刀後，性格就會改變嗎？又有人說蚊子愛叮A型的人，更是不可信。

（九十四年五月廿二日）

不能畢業

像我這樣只想平平凡凡過日子的平凡人，卻也會遇到一些重大挫折。第一次遇到重大挫折，是初中畢業後，考不上理想學校，逼得我奮發圖強、努力讀書，終於考上一所國立大學。

上了大學，嘗到自由的滋味，考試壓力減輕了，一下子就放鬆了。一、二、三年級很快就渡過了，雖然有些科目被當，但也都重修及格。終於到了大四，準備畢業了。我是家中長子，第一個將大學畢業的孩子，父母充滿期望。

大四下學期開學，才知道我有門科目「中國思想史」要補考。班上一共有七位同學要補考，我們都不知道為何不及格，反正能補考，當然要去補考。補考前，我運氣很差，罹患重感冒，在一家診所打點滴。

補考後，七位同學有三位及格，四位不及格。很不幸我竟然不及格，也就是說我被死當了，要重修三學分的「中國思想史」。換言之，我無法畢業了，為了重修「中國思想史」，必須延畢。

不能畢業，簡直是晴天霹靂，把我打得七葷八素，灰頭土臉。我讀的是中文系，很少有學生不能畢業。這件事，是我遇到的第二大挫折，帶給我無法想像的後果，影響未來的人生。我生平無大志，本來是想當完兵，找所國中教書。現在不能畢業，怎麼辦？

幾年後，回想那段日子，不知道是怎麼熬過的。心情之差、情緒之低落，就不必說了。更麻煩的是，無法給父母交代。他們本來滿心期待我畢業，誰知道會出現這種狀況，失望是可想而知的。

當然沒臉參加畢業典禮了，帶著畢業禮服回家，想和父母合照張相片。本來爸爸是氣得不肯照相，後來是媽媽一勸再勸，爸爸終於和我合照一張相片，洗出來一看，爸爸一臉鐵青。

重修那一年，我一方面認真上「中國思想史」課，一方面又在文學院圖書館工讀，賺點錢。同時也準備研究所考試，日子過得很充實，還順便修完二十個教育學分。

當時我讀的學校，還沒有中文研究所，外校的中文研究所很難考。我讀的中文系創系八年，只有一位女同學考上中文研究所，還沒有男同學考上中文研究所。

一年後，我做了件轟動全系，完全沒人料得到的事，我考上了中文研究所。一切的恥辱一洗而清，歷盡艱辛後，我終於可以抬頭挺胸了。二年後，研究所畢業，服完預官役，進入一所專科學校教書，開始我料想不到的教書生涯。不能畢業，只是一場夢魘。天下事，真是所悲者未必不喜，所喜者未必不悲。

（九十四年十一月二十日）

第一本書

我的第一本書，是《楚辭九章集釋》（人人文庫特六九二），臺灣商務印書館出版的，現在已經絕版，在坊間買不到了，某些圖書館或許有收藏。出書日期是民國七十年一月，我還保有出書時臺灣商務印書館的廣告。那年我虛歲廿九歲，正在服預官役。

沒想到我能在三十歲前，出版了生平第一本書，而且還是著名出版社臺灣商務印書館出的，完全出乎我意料之外。當時的心情既雀躍，又吐了口鬱悶之氣。

且聽我說說整個出版機緣吧！話說我大學讀的雖然是中文系，但平常很少提筆寫文章，更不用說是寫論文了。可以說我既沒有創作能力，也沒有研究能力，只有偶而投稿報社的經驗，很多中文系學生大概和我一樣。

後來出乎意料的，考上中文研究所。一年級修修課還沒問題，到二年級問題就來了，要畢業一定要寫論文，而且通常要寫十萬字以上。這對我而言，真是一大挑戰，要一個寫作經驗貧乏的人，寫出十萬字論文，那痛苦可想而知。

不寫也不行，不寫就畢不了業，拿不到碩士學位。只好硬著頭皮找題目。覺得還適合，就去找指導教授商量。每次都是興沖沖去，垂頭喪氣回來，指導教授總是說題目不適合。眼看時間愈來愈緊迫，題目還沒確定，心裡焦急真如熱鍋上的螞蟻。再拖下去，可能就無法如期畢業。最後迫不得已，乾脆就研究楚辭。去年有位學姐，碩士論文就是寫楚辭，由同一教授指導。

學姐寫的是離騷，當然不能重覆。天問中有許多神話，文字又難。九歌研究的人很多，還有專書。九章研究的人比較少，也很重要，就決定來研究九章。

題目決定了，再來就是要怎麼寫。我用最笨的方法，一字一句去理解、去分析，逐字逐句都要弄懂，不輕易放過。用集釋的方式，先收集古今各家註解，然後加以整理，重覆的刪除，不同的列出來，再加上自己按語。集釋之後，有「釋義」，貫串整章之義，尤其重視各句之間的脈絡。每章之後還有輯評。

總算能開始寫論文了。二年級的課不多，上課之外，每天就在宿舍中，把書攤開在桌上、床上，參考資料，細細思考，提出自己意見，解決疑義。一天又一天，一星期又一星期，都在寫論文。吃飯、睡覺之外，都在寫論文，天地之間唯一的一件事，就是寫論文。

在截止期限之前，我提出了論文，也通過了口試，拿到了碩士學位。所有的付出，日日夜夜的煎熬，終於有了收穫。可是還有個嚴重問題，所長並不很肯定這篇論文。我花了那麼多心血，不被肯定，當然不服氣。這時正好在報上看到一篇臺灣商務印書館總編輯的文章，談到稿件的編審情形。我就在毫無淵源下，將論文寄給臺灣商務印書館。希望編審委員，能肯定我的論文。沒想到臺灣商務印書館竟然願意出版，真是欣喜若狂。誤打誤撞，終於出了第一本書，這是我終身難忘的一件事。

（九十四年十二月廿五日）

補記：《楚辭九章集釋》於二〇〇七年十月二版。

扮豬吃老虎

在台灣，每年春節，大街小巷常會出現些賭博小攤子，大概就是賭些骰子、撲克牌之類玩意。在這幾天，警察先生也睜一隻眼閉一隻眼，不去打擾這種大眾娛樂，讓民眾能盡歡。

有年過年，偶然經過台中公園，看見一堆人圍著個小攤子。好奇心驅使我一探究竟，原來是賭博攤子，玩的是常見的三張撲克牌。

這種賭博很簡單。莊家前面有張小桌子，桌上有三張撲克牌，其中一張撲克牌中間有個十元硬幣大小的紅色圓點。玩的時候，莊家先把三張撲克牌掀開給賭客看，賭客睜大眼睛，盯住有紅色圓點的撲克牌。然後莊家把三張撲克牌蓋起來，開始移動撲克牌，這時就要看莊家手法快慢了。當牌停止移動後，賭客下注，再來就是莊家掀開撲克牌。如果賭客押中紅色圓點撲克牌，就可贏得同額賭金，否則就輸錢，賭金被莊家收去。這是種常見的賭博攤子。

大約有十多人，正圍著攤子下注，我也湊熱鬧站在一旁看。這時踱來位老先生，相貌、穿著都很普通，看來像位鄉下老頭子。老先生到了攤子旁邊，看了半晌，就問：「這是在做什麼？」一旁邊有人說：「在賭錢啦！」老先生又問：「怎麼賭？」旁邊有人如此這般告訴老先生賭博規則、如何輸贏，老先生似乎是位新手，沒玩過這種賭博。

老先生說：「我也來賭一下。」掏出張五百元，向紅色圓點撲克牌押下去。或許是莊家手法太快，或許是老先生沒看準，沒押到紅色圓點撲克牌，他輸了，五百元被莊家收走了。玩這種賭博，輸是常事，沒引起人特別注意。

老先生很訝異的說了：「真奇怪！我看準紅色圓點撲克牌，才押注的，怎麼會輸，真奇怪！來！來！牌借我看一下。」莊家沒多想，隨手把那張紅色圓點撲克牌遞給老先生看。這時老先生站在莊家對面，我站在老先生側面，就在一剎那間，我看到老先生快速的將那張紅色圓點撲克牌角反摺起來，又馬上恢復原狀，牌上有了個摺過痕跡，但要仔細看才可看出。因角度的關係，老先生在摺角時，又用手遮住撲克牌，莊家沒發現牌動了手腳，其他賭客也沒發現，我站在側面，全部過程正好落入我眼中。

老先生把撲克牌還給莊家，掏出一千元下注，當然他穩贏。拿著賭金，他就開溜了。我也趕快離開攤子，心想：「今天沒白過，看了場扮豬吃老虎的好戲。」

（九十四年八月七日）

蓋印章

一般人多多少少有點法律知識，但對於一些細微的地方，不可能知道得很清楚。幾年前，我曾因為不懂法律，吃過一次虧，不過也就因為吃過這次虧，使我對法律有深一層的認識。

那次是為了辦理公教貸款問題。事情太久，有些細節已經想不起來。大概是原來我有間房子，辦了公教貸款。後來我要賣房子，就把貸款轉到高雄媽媽房子。媽媽房子出租給房客，承辦公教貸款的土地銀行台北仁愛分行，要求媽媽的房客，必須要在同意書上蓋章。我就從台中開車到高雄，辦理這件事。

前一天到了高雄，找到房客，房客在同意書上蓋了章。我也沒細看，就帶著同意書，開車回台中。第二天一大早，我就開車到台北，找到了土地銀行仁愛分行。誰知道承辦人一看我拿去的同意書，就說同意書法律無效。我當場傻住，不知道為何同意書法律無效。

承辦人仔細解釋，根據法律規定，在文件上蓋章時，兩顆印章不能重疊。只要兩顆印章有一點點連在一起，法律上就無效。這時我仔細看了同意書，上面房客印章和我的印章，只有側邊稍稍接觸，並沒嚴重重疊。可是土地銀行承辦人堅持要依法處理，不能通融。當然依法行事，並沒有錯，是我沒這種法律知識，不知道兩顆印章，不能有任何重疊。

房客應該也不知道有這種法律規定，一般人不會特別注意這規定。現在既然法律無效，那唯一方法就是請房客重蓋一次印章。房客在哪裡？在高雄。我只好又開車回高雄。早上從台中開車到台北，中午從台北開車回高雄。到高雄都快黃昏了，總算找到房客，重新蓋了章。

只是為了蓋個章，為了一點點小錯誤，我幾乎開了一整天的車。耗費的油錢不算，還損失了大量時間、精神、體力，真是不划算。從此之後，每遇到蓋章時，我都非常小心，注意印章不要重疊。有機會時，我也會提醒周遭的人，要注意印章不可重疊。

另外，還有個小收穫。那就是從此之後，我特別留意法律條文，仔細研究法律條文，對法條不敢疏忽，也努力補充我的法律常識，真是所謂「吃一次虧，學一次乖」。

（九十五年十月一日）

高雄車禍記

幾年前，某個星期日，我從台中開著老爺車，到高雄辦事。快到目的地，放慢車速，正準備找地方停車。突然間，「碰！」一聲，車子右前門，駕駛座旁邊的門，竟然被撞凹了。老天啊！車速這麼慢，還會被撞？

下車一看，撞我的是個中年婦女（俗稱歐巴桑）。她的駕駛座右方，堆著幾個裝水果紙箱，遮住視線，難怪沒看到我的車。看來可能是賣水果的小販，車上才會堆著裝水果紙箱。

我只好下車處理。一下車，一輛小發財馬上開過來，上面裝滿水果。一位中年男子（俗稱歐吉桑）下車，大概是肇事婦女老公。歐吉桑看了我車門受損情形，就說：「先生，對不起！對不起！是我老婆的錯。」看他這麼客氣，願意認錯，我氣先消了三分。

他又說：「修車門的錢，我賠！我賠！」既然他願意賠錢，那我的氣當然全沒了。「該賠多少錢呢？」我心裡忖量著。

歐吉桑倒是很乾脆。他說：「今天是星期天，很多修車廠關門，不容易找到修車廠。這樣好了，先賠你三千元，多退少補。」我看看老爺車的車門，盤算一下，三千元應該夠修車門了。

歐吉桑爽快的掏出三千元。我說：「我住台中。修車錢多退少補。怎麼和你聯絡？請留個資料。」我拿出紙筆，對方很俐落的寫下姓名、地址、電話，然後就各自走人。

回到台中，找了家熟識修車廠，鈑金、噴漆，修好車門。修車廠老闆說：「熟客啦！修車費二千二百元。」

回家和老婆商量。當時說好多退少補，三千元減二千二百元，還多剩八百元。還他吧！賣水果也不好賺，老婆贊成。

照著歐吉桑留下的電話，打過去。「喂！請問某某人在嗎？」「什麼人？」「某某人啊！前幾天在高雄發生擦撞那位。」「對不起啊！這裏沒這個人。你打錯了。」

放下電話，愣住了。電話是假的，那姓名呢？地址呢？當然都是假的。對方頭腦反應真快，竟然留了假姓名、假電話、假地址給我。對方大概想，已經賠你三千元，事情就結束，不要再找麻煩了。

那八百元，只好算自己多賺的。不過，下次發生車禍，一定要對方拿出行照、駕照。「呸！烏鴉嘴，還下次車禍哩。」老婆說。

（九十四年四月廿四日）

車陷白沙灣

有一年，我開著老爺車，帶著弟弟、弟媳同遊北海。一向住在中部，很少到北部，有機會到北部一遊，心裡真興奮。

沿路的景色，和中部不同，尤其是澎湃的海浪，海邊的礁石，更是引我注目。開著開著，就到了白沙灣。

白沙灣，美麗的名字，可惜當我們彎進到白沙灣時，才發現白沙灣已經關閉了。既然已經到了，不妨把車停好，下去走走，看看海景。

我往前看，看到有個關閉的育樂中心，裡面可以停車，但要收停車費。往左看，路邊停滿了車。往右看，整排空著，一輛車也沒有。我也沒多想，車子就往右轉，停到馬路右邊空地。

車一右轉，馬上發現不妙。馬路右邊竟然是沙地，車子一轉過去，車輪離開馬路，就陷到沙地裡。右轉的太快，也沒警覺心。當發現不對勁時，整個車都已經轉過去，和馬路九十度垂直。前輪、後輪都陷在沙地裡，還好車子沒有下沉。

這時也沒心情玩了，當務之急，是怎麼把車子弄出沙地。先是試著倒退，但後車輪一直打滑，無法後退上馬路。我下車仔細查看，弟弟、弟媳也下車想辦法。

我開的是旅行車，非常重，陷在沙裡，弟弟和我使勁推，根本動也不動。想往上抬，無法抬起來。車子是前輪帶動，偏偏前輪也陷在沙子裡，只會空轉，無法帶動後輪。

正在一籌莫展之際，救星來了。一群年輕人騎機車呼嘯而至，大概也是來這兒玩的，趕快請他們幫幫忙。

剛開始，這些年輕人以為很簡單，下來三、四位幫忙，使勁的推車子，車子還是不動。年輕人看狀況不對，一下子來了七、八個人幫忙。車子既然無法後退，又太重抬不起來，那只有往前進。

我坐上駕駛座，發動引擎，年輕人合力幫忙推。車子在沙地裡往前，繞個U字型，轉了一圈，終於又開上馬路，脫離沙地陷阱。真是謝天謝地！再三向那些好心年輕人道謝。如果沒這些年輕人協助，真不知如何是好。

吃了這次大虧，以後我到任何地方，尤其是陌生地方，停車都非常非常小心。有很多車停的地方，我才敢停。如果有空地，但都沒車停，那我是萬萬不敢停，一定有玄機在。

（九十四年十月三十日）

我的車

如果車也有命運，我的車命運多舛。油箱蓋失蹤、擋風玻璃被打破、前後車牌被偷，可憐的車。

剛買新車，第一次去加油站加油。車停好，準備加油。加油站員工說話了：「先生。車子沒油箱蓋。」什麼？沒油箱蓋？新車耶！下車一看，真的是沒油箱蓋，太不可思議了。回去找汽車業務員，他也弄不清為何沒油箱蓋。隔了幾天，終於補了個油箱蓋。

幾個月之後，有天晚上，車子停在綠園道。第二天，準備開車上班。一看到我的新車，哭都哭不出來。駕駛座前擋風玻璃，竟然被人用球棒打破了個大洞。嗚！我沒保全險，真是損失慘重。

只好開車回服務廠換玻璃。擋風玻璃破了，只能慢慢開，還好服務廠不遠。看到服務廠，準備左轉進服務廠。我慢慢左轉，一邊轉一邊按喇叭。快進服務廠了，這時「碰！」一聲巨響，車被撞了。一位年輕小姐騎機車，撞上我的新車。

我說：「小姐！我車子開這麼慢，還一直按喇叭，妳沒看到我的車，也該聽到喇叭聲吧！」小姐說：「沒聽到喇叭聲！看到車來不及煞車。」小姐可憐兮兮，她機車前面也有點撞歪，只好算了，不和她計較，自認倒霉。

幾年後，又發生一件離譜事。女兒生病住院，車子在路邊停了一個多星期沒開。女兒出院後，我開車帶著一家大小，回太太娘家。聊完天，準備開車回家。這時發現不對勁。「咦！車子後面車牌呢？」再看前面。「怪了！前面也沒車牌。」前後都沒車牌，車牌被偷了，馬上去報案。偷車牌做什麼？心裡納悶著。難道車牌可賣錢。

很快就知道答案了。原來是偷車牌去飆車，超速罰單寄來了。相片真清楚，和我一樣車型，一樣墨綠色，掛著我的車牌。一看罰單日期，是我報案前。

先拿相片給熟識修車廠看。老闆說：「去繳罰款吧！明明就是你的車。」冤枉啊！女兒生病住院，我在醫院照顧女兒，不可能分身去飆車。

不死心。又拿相片給原車服務廠看。師傅看了相片一眼，說：「這不是你的車！」「太好了！怎麼看的。」「你的車是兩千CC的，相片上是三千CC的。」「怎麼分別？」「車型完全一樣，只有尾燈不一樣。」謝天謝地！終於有證據了。

高高興興去監理所申訴，寫完申訴書後，我想該附上尾燈照片。正好隨身帶了相機，照了尾燈，開車去沖洗。看到路邊有間照相行，靠邊準備停車。「砰！」一聲，後面車子撞上來了。倒霉透了，真是禍不單行。報案、修車、找保險公司，弄了幾個星期才弄好。還好申訴成功，免繳超速罰款。

經歷這些事後，每次加油都特別注意油箱蓋，車子不停在偏僻處，每次開車前都一定檢查車牌。

（九十四年五月十五日）

玫瑰石

在花蓮，颱風過後，狂風驟雨將河床翻轉了一遍，許多的石頭或從河底被沖到了表面，或從山上沖了下來，有時沉沒在海底的玉石，也會被大浪打上沙灘。

這時花蓮的海邊、河谷，到處都是撿石頭的人。運氣好、眼光尖的人，或許可以撿到名貴的總統石，賺一筆意外之財。運氣差的人，也可撿些白玉髓，請玉石店磨成墜子，穿上繩子，就成了漂亮項鍊。

有一次，我從台中到花蓮玩，跑到木瓜溪河床上撿石頭，我想撿的是玫瑰石。花蓮是玫瑰石產地，玫瑰石裡含有矽酸錳，使得石頭表面產生粉紅色花紋。有些漂亮的玫瑰石，上面的花紋彷彿是幅山水畫，讓人百看不厭。

但是，要撿玫瑰石並不容易，因為二氧化錳的關係，玫瑰石的表面黑黑的，和河裡一般石頭幾乎一模一樣，偶而在石頭表面露出一丁點的粉紅色。有經驗的人，看到露出的粉紅色，就能辨識出玫瑰石。而像我這種外行人，還有種方法，那就是撿起石頭，在手上掂掂斤兩，玫瑰石比一般石頭重很多。憑著石頭輕重，也可以找到玫瑰石。

在河床上找玫瑰石，比伯樂找千里馬還難。伯樂相馬，了不起在幾百匹馬中，挑出千里馬。河裡的石頭，可是成千上萬，要找到玫瑰石談何容易，只好用最笨的方法，看到可疑的石頭就撿起，一個個去試重量。

我低著頭，頂著烈日，在河床上，努力找玫瑰石。每撿起一顆石頭，就是一份希望，丟下石頭，就是希望的破滅。花了幾個小時，還是一再的失望，我不死心，繼續努力。

終於，在偶然中，我撿起一顆黑黑的石頭。一拿起來，重量超乎尋常石頭，我知道撿到玫瑰石了，幾個小時的努力沒有白費。真是欣喜若狂，太高興了，這是我生平第一次撿到玫瑰石。

匆匆忙忙離開河床，在路邊找到一家玉石店，請老闆把外層磨掉。老闆看了石頭，掂了掂重量，確定是顆玫瑰石。不過，老闆說了：「這是顆玫瑰石，但是品質似乎不很好，可能沒有花紋。」一盆冷水當頭澆下，心涼了半截，央求老闆磨開一點點看看。老闆用工具磨開了一角，果然裡面是白的，並沒有粉紅色花紋。

心裡真是失望透頂，原有的喜悅頓時化為泡影。原來以為是顆美麗的玫瑰石，卻只是一顆沒有粉紅花紋的玫瑰石，和普通石頭有何兩樣，真是白高興了一場。後來，我在花蓮街上買了顆玫瑰石，兩顆石頭一起帶回台中，送給了愛撿石頭的弟弟。

（九十五年一月廿九日）

洗溫泉趣事

幾年前，到台東知本玩，住某連鎖渡假飯店。飯店底層有個蠻大的溫泉游泳池，游泳池旁邊還有幾間溫泉浴室，都免費供房客使用。

我先去溫泉游泳池，游個痛快，然後找了間空的溫泉浴室泡溫泉。溫泉浴室有五、六間，每間約有四至五坪，相當寬敞。飯店沒管制溫泉浴室，只要找間空的溫泉浴室，進去後把門反鎖，就可慢慢泡溫泉。

隔了幾年，又有機會去知本，還是住這間連鎖渡假飯店。放下行李，準備先去溫泉游泳池游泳，再去溫泉浴室泡溫泉。走往溫泉游泳池，經過櫃台，看到櫃台貼張告示。仔細一瞧，原來是溫泉浴室的新管理辦法，不再自由開放，要先到櫃台拿鑰匙，然後才能使用溫泉浴室。

我在溫泉游泳池，游泳之後，就到櫃台拿了溫泉浴室的鑰匙，想進溫泉浴室泡溫泉。到了溫泉浴室門口，門關著，我就把鑰匙插進鎖孔，準備把鎖打開，推門進去。這本來是很普通的事，照規定是要用鑰匙開門進去，才能在裡面泡溫泉。

門鎖打開，一推門進去，馬上目瞪口呆，裡面竟然有一男一女在洗溫泉，兩人都裸體。男的背對我，抱著女的，女的正好面對我。我嚇了一跳，裡面怎麼會有人？洗溫泉的男女，看到我推門進去，也嚇了一大跳。我反應很快，一看到不對勁，馬上說：「對不起！」，立刻把門關上。開門到關門，不到兩秒鐘。

我到櫃台，如此這般告訴櫃台人員。櫃台人員聽了一直笑，馬上派人去處理，我在櫃台等。處理的人回來後說，這兩位房客以前也來住過，因為以前是自由使用溫泉浴室，不必拿鑰匙。他們以為還和以前一樣，就找了間沒鎖的溫泉浴室，把門反鎖，在裡面洗溫泉。沒想到我拿了鑰匙，一轉就把門打開，推門進去，他們來不及反應，就讓我看到不該看到的。我很尷尬，他們更尷尬，他們已經穿好衣服，離開溫泉浴室了。

既然溫泉浴室沒人了，就換我去泡溫泉。一邊泡，還一邊想笑，真是巧，怎麼會發生這種糗事。如果我反應慢一點，沒馬上關上門，豈不是更尷尬。

（九十四年九月十一日）

卷二　生活

吃素經驗

吃素大約有十多年了，到底從何時開始吃素，已想不起來。每次有人知道我吃素，就會問：「為何吃素？」我都回答：「上天有好生之德。」實際上，我忘了當時為何要吃素，我不信佛教，不是因宗教而吃素。

今天有些人是為了環保而吃素，因為吃肉會耗掉更多自然資源，吃素對自然生態較有利。可是十多年前，根本沒多少人知道吃素和環保的關係，我也不知道。換言之，我吃素和環保無關。

在家裡，吃素不難，外出時，吃素就有些問題。還好這幾年，流行吃素，台灣各地有不少素食店，城市中素食店更多。不過到外地旅行，人生地不熟，穩當的作法是，只要一看到素食店，就停下來吃飯。錯過了素食店，可能就找不到吃飯地方。如果實在找不到素食店，我還有一辦法，就是到一般自助餐店買白飯，再買素食罐頭配飯吃。或是到超商買素食便當、素食麵、素食麵包。

根據經驗，窮人是不吃素的。一個地方貧窮，吃素的人少，素食店就少。等這地方富庶，吃素人口增多，素食店就多起來。從素食店多寡，可看出一地方的經濟狀況。這只是我的經驗，不一定百分之百正確。

吃素多年，遇到些趣事。十多年前去中國大陸旅行，當時中國大陸還很貧窮，國民所得低，吃素人少，素食店也少。有次從上海坐飛機到東北，上飛機前，我特別去櫃台問飛機上有無素食，櫃台說：「有。」我就訂了素食餐。上了飛機，餐來了，正準備吃飯，一看盒子上寫著「清真」兩個字，這是素食嗎？打開一看，裡面果然有牛肉。找空中小姐問，她說：「對啊。餐沒錯啊！你不是吃素，不吃豬肉嗎？牛肉可以吃啊！」真是啼笑皆非。當時大陸人對吃素的認知，就是如此。

有個假日，和老婆去中友百貨公司樓上風尚人文咖啡館吃飯。風尚人文咖啡館在台中開了不少分店，有素食火鍋，我們吃過不少次，這次也是點素食火鍋。送上來，開始吃。大約吃了三分之一，正吃的高興時，突然老婆不吃，叫了起來，要我停箸。我還弄不清狀況。老婆把服務生找來，說：「素食火鍋裡怎麼會有蛤蜊？」原來是老婆在攪拌時，發現聲音不對，一看火鍋裡竟然有蛤蜊，這不是素食火鍋裡該有的東西。服務生去查，這才發現，假日人多，廚房新手為了趕時間，竟然在每個火鍋裡，都先放下蛤蜊，才會造成這錯誤。只好不吃了。店家退了錢，還送了冰淇淋，表示歉意。

人和人差異很大，像我天天吃素，餐餐吃素，習慣吃素。卻也有人從來不吃素，餐餐非肉不飽，偶然進錯素食店，轉頭就走。台灣是個民主社會，吃東西當然有個人自由，吃葷吃素都是個人習慣，無對錯可言。

吃素對身體好嗎？這要看狀況而定。不過，可確定的是吃素不能減肥。素食油多，多吃易胖。吃素的人豆類吃太多，容易有痛風，也一樣會有糖尿病。吃素與否，還是在個人抉擇，不必勉強。

（九十七年二月廿四日）

上下樓梯的方法

很多地方都有樓梯，通常都是人造的。室外的如登山步道、建築物階梯、天橋，室內的如透天厝、百貨公司、地下道、車站的樓梯。對年輕人來說，爬樓梯輕而易舉，甚至可一次跨兩個階梯。

人老膝蓋先出問題，年長人幾乎都有退化性關節炎，平地走路，有時還要拐杖支撐，上下樓梯更是膝蓋疼痛，舉步維艱。室外樓梯還可儘量避開，室內樓梯，如透天厝的樓梯，對年長人可是一大折磨。人老了，比較適合住有電梯的大廈。

最好的方法，是年長人住一樓，不用爬樓梯。有些腦筋快的建商，在透天厝一樓多蓋間臥室，取名「孝親房」，專供年長人居住。但並不是每間透天厝都有「孝親房」，而且許多透天厝神明廳在頂樓，年長人還是要上下爬樓梯。

有錢好辦事。可以在室內加裝無機房電梯，免除爬樓梯痛苦。如果沒有空間裝室內電梯，也可以花錢裝電動椅子。最近有英國原裝進口的史坦納（Stannah）樓梯升降椅，常在報紙登廣告。這家公司有一四〇年以上歷史，台灣代理商是華貿企業，由羅布森環境工程股份有限公司總經銷。廣告上有這家公司電話，也有〇八〇免付費電話。在Google輸入羅布森環境工程股份有限公司，就可找到這家公司網站，網站上有地址，就在台中市西區。

廣告上說：「爬樓梯的幸福新選擇」、「樓梯升降椅，全球第一品牌」、「椅子爬樓梯，上樓笑嘻嘻」。廣告上提到幾個特色：人性化設計，不用擔心停電問題；無線遙控器，可以遙控叫車；安全性高，有獨特設計的安全帶。這種樓梯升降椅只要樓梯寬七十一公分就可安裝，一般家庭樓梯都夠寬，最大載重是一二〇公斤，不用時可收折，不佔空間。

除了裝室內電梯、電動椅外，還有些方法，如：用拐杖支撐上樓梯；有人發明將木板架在樓梯上，上身趴在木板上，移動木板，逐階慢慢上樓梯。

不用輔助工具，要上下樓梯，也有幾種方法。下樓梯膝蓋要承擔幾倍的體重，但下樓梯比較容易，有位同仁教我倒退逐階下樓梯，確實輕鬆很多。但一定要握緊欄杆，動作要慢，以免不小心摔下來。這種方法可以減輕多少壓力，還必須用儀器實際測量才知道。

上樓梯困難多了。如果要省力，可以坐在樓梯上，再用雙手撐起身體，逐階往上升。當然直接爬上去也可以，只是不雅觀。另一種方法，就是手扶住欄杆，膝蓋比較不痛的腳先上一階，然後手撐欄杆將另一腳移到同一階，這樣一階階上去。在網路上還看到個特殊方法：平常上樓梯是用大腿四頭肌，如果用雙手將臀部往上托，托著臀部上樓，會用到大腿二頭肌，上樓比較省力。

希望能有人發明更便宜、簡單的上下樓梯輔助工具，或是更好的上下樓梯方法，造福年長人。年長人、膝關節有問題的人，就不會視上下樓梯為畏途了。

（九十七年十月廿六日）

一點行政經驗

在學校教書二十多年，一直都是純教書，沒兼過行政工作，不知道行政工作的辛苦。前幾年，想到不久之後將退休，毫無行政經驗，也是種遺憾。於是，有意試試行政工作。

經過些波折，兼了行政工作。我想法是，兼行政是為同仁、學生服務，可不是要領導統御。當然要讓每個人都滿意，是不可能的事，盡力而為也就夠了。

剛開始，最不適應的就是上班時間。以前當老師，上課來上課，下課回家，一星期就那幾節課。擔任行政工作，就不一樣了，整天都耗在學校裡。上課時去上課，下了課，就一直在辦公室，工作時間加長很多。

我做行政工作有幾個原則。一是依法行政，這是最重要的原則。一切業務，一定要依法處理。如果沒法依循，那就照慣例處理。如果沒慣例，就召開委員會開會討論，依委員會決議處理。仔細一算，一學期約開了廿四次會，很多事都是開會決定的。尤其是教評會，幾乎每月開一次。緊急的事，來不及開會，只好照自己想法、經驗來處理。

二是謹慎小心。「諸葛一生惟謹慎」，像諸葛亮那麼聰明的人，做起事來，也是謹慎小心。「小心駛得萬年船」，只要謹慎，出錯機會，就會降低。行政工作繁雜忙碌，很容易出錯，務必謹慎。大大小小的事情，都要謹慎處理，萬一還是犯錯，也就無可奈何了。

可能是我運氣好，兼了一年多行政，遇到不少麻煩事，都能順利解決。當然依法行政、謹慎的大原則，一定要遵守，這是操之於己。運氣也很重要，但這是操之於天。老天似乎還很厚愛我，讓我處理事情，都能順利過關。

廣結善緣，也是我擔任行政工作的大原則。首先。對人要客氣，見人要打招呼。其次，只要能幫人，不管是老師或學生，一定儘量幫助，但不必求回報。廣結善緣，也算是積德。

就行政工作而言，事的部分比較容易，人的部分很難處理。常常因為說錯話，得罪了人，自己卻不知道。有時別人的批評，聽了很難受。有些事，是別人不瞭解實情，有了誤會，又無法一一解釋。做行政工作，總是有很多為難之處。

我當然想要做好所有工作，能完美無瑕，百分之百讓自己滿意，也讓別人滿意。但事實上，因主客觀、內在外在因素，這是不可能的。退而求其次，我只希望能做到「豈能盡如人意，但求無愧我心」，也就夠了。

（九十七年二月十日）

我的一天

不管鬧鐘響不響，我都在六點三十分醒來。然後就上樓，打開電腦，收電子郵件，整電腦資料。老婆通常要賴床十多分鐘，才勉強起床。七點四十分前，哥哥就要到小學，接著是我出門，再來才是老婆送妹妹去幼稚園。

不下雨時，我都騎機車到學校。每天走固定路線，從太平中山路直走，過了進化路，就右轉，又轉到育才北路，終點在中友百貨旁的學校停車場。

到辦公室，第一件事就是打開電腦。再來就是把要處理的文件，從抽屜和資料夾中取出來，全部攤平在桌面上。每天下班前，我會把所有未辦完的文件，收入抽屜，第二天早上再拿出來。另外，我的桌下有個框框，裡面放了三十個資料夾，依日期排序。有些不急的文件，我就先放入資料夾，再依日期處理。

通常，整理文件告一段落，約半小時後，開始處裡日常事務。每天的日常事務，很繁雜。大約可分成幾類：一、電話。二、文件。三、開會。四、其他雜務。另外，就是些訪客，有時是老師，有時是廠商。

電話最麻煩了，不知道何時會響起。一響，就要去接。有時，三言兩語，就可解決，掛斷電話；有時，要花不少時間講電話。還好一般來電，對方都很客氣，雙方談得很愉快。

公文必須處理。普通公文比較多，急件比較少。有些是電子公文，有些是校外寄來的徵稿、研討會、海報等等，都不難處理。該辦理就辦理，該登記就登記，該歸檔就歸檔。有時也要寫簽呈，或是寫行政會議、校務會議工作報告。

一星期還要上六節課，上課時，只好停止工作，先去上課。還好星期三、星期四，我都沒課，可以專心處理事務。

比較忙的有兩件事。一是演講。每個月辦兩次演講，一次是對學生的通識課程講座，一次是對老師的跨領域教師學術討論會。事前要請主講人，借場地，安排聽講班級。演講前還要弄妥海報，佈置場地，接送演講人，主持演講。演講後，還要處理相片，放在網路上，登記這次活動。還好有許小姐、林小姐、工讀生林同學幫忙，輕鬆不少。

另外，就是排課，很麻煩。日間部、進修部要排將近一四〇門博雅通識課。從找老師、商量課程名稱、排時間，到調整課程、調動時間，都是些瑣碎的事。學生開始選課後，又要注意選課狀況，隨時增加新課。還好每一學期只要排一次課，辛苦一次。

大概所有工作，在上午就可做完，下午就比較輕鬆，可以更新網站資料，或是參加會議。通識教育中心網站是我設計的，雖然很簡單，但比較人性化，資料很充實，更改、增刪、網站維護，都是由我來處理。有時也要回留言板留言，回電子郵件。

下午四點左右，準備下班。除非有很重要的事，否則都明天再處理。五點左右，如果沒事，就下班回家。六點多，在家吃晚飯了。

（九十六年六月三日）

辦演講

兩年前，兼了行政職務。從單純老師變成單位主管，要摸索熟悉行政業務，每天要上班、下班，處理公文，剛開始很不適應。

經過辦公室許小姐、林小姐協助，過了一個多月，慢慢進入狀況，對業務熟了點。我開始動腦筋，想辦點活動。這時正好中臺科技大學來通知，有巡迴演講，我請了頑石劇團藝術總監來校演講。

第一次辦演講，沒經驗，有點緊張。有了第一次，第二次就容易多了。一次接一次，陸陸續續辦了二十多場演講。先是每月辦一場通識課程講座，以修博雅通識課學生為對象。後來我想也該對老師辦些演講，想出個名稱，叫「跨領域教師學術討論會」。剛開始，時間不固定。後來每月上半旬辦對學生演講，下半旬辦對老師演講。

辦了二十多次演講，逐漸有固定流程。首先是找演講人。第二是和演講人聯絡，談妥題目、時間。第三是借場地，計算演講費、交通費，上簽呈。等簽呈下來，對學生演講就要安排學生聽講，對老師演講就要請老師報名。還要將演講訊息公布在學校首頁、通識教育中心網站。

再來就是等演講到來。演講前二、三天，我會再和主講人聯絡，談好抵達時間、迎接地點。演講當天，準時到迎接地點，接了主講人，陪主講人到演講場地。場地的準備工作，海報、麥克風、notebook、投影機等，許小姐、林小姐、工讀生會準備好。

演講開始，我大約花三分鐘左右介紹主講人、講題，再來就由主講人演講，時間約二小時。如果有多的時間，就請聽講師生發問。演講完後，我會做總結，再致贈感謝狀和校旗。演講過程中，請工讀生照幾張相片。事後，將相片整理好，放在通識教育中心網站上，並在「通識活動」中登記這次演講。辦演講的瑣碎事情，就不必多講了。

辦演講經驗如下：一、事前準備工作很重要。每次演講前，我都會請主講人提供簡歷，我也會上網，找演講人資料、講題資訊。二、只有一位演講人不用投影機，其餘每位演講人都用投影機，看來演講用投影機是個趨勢。後來乾脆買了無線簡報器，可以遙控翻頁，比較方便。三、有些是我的創意。比如以前演講完都是送鮮花，很麻煩，我決定改送感謝狀、校旗，方便又省錢。四、這二十多場演講，我每場都從頭聽到尾，只有一場因我有課，介紹完主講人、講題，就去上課了。五、學生說話造成很大困擾。每次演講前，我都要請學生肅靜，不要說話聊天，以免干擾主講人。

每次演講，都是靠團隊合作，才能順利完成。要特別感謝辦公室許小姐、林小姐和工讀生的辛苦協助。希望來聽講的老師、學生都能從這些演講中受益，能吸收更多知識，擴充知識領域。

（九十七年五月廿五日）

最近的生活

某天下班回家，看到外面天色還亮亮的，突然想到已經有兩個星期，都是到晚上八、九點才回家，回家路上是漆黑夜色。開學之後，前兩個星期是學生加退選時間，白天忙日間部學生加退選，晚上還要留下來辦進修部同學加退選。白天有許小姐、林小姐、工讀生林同學幫忙，晚上一個人孤軍奮戰。再加上這學期學校招轉學生，來抵免學分的學生不少，忙得沒休息時間。

一忙起來，真是天昏地暗，昏頭轉向。最誇張的一天，早上六點多起床，到校上兩節課，接著辦加退選。中午陪老婆吃飯。下午、晚上又辦加退選，回到家已經快十點，又接著寫論文，睡覺時過十二點半了。仔細一算，一天工作了十六小時，真是超辛苦的一天。

最近日子不太好過，除了日夜辦加退選外，還有一大堆煩心的事。上個月小女兒發燒住院，一檢查是肺炎。老婆在醫院照顧小女兒，沒想到小女兒好了，老婆反而發燒，感染了肺炎，換老婆住院。老婆才住院兩天，小孩要開學了，老婆要忙孩子開學雜事，只好出院，回家休息，每天吃抗生素治肺炎。老婆出院之後，可是麻煩大了，身體一直不舒服，發燒咳嗽，臥病在床。過了幾星期，身體還是很差，不能做家事。

日子很難過，內外交迫，壓力很大。還有颱風來湊熱鬧，攪亂日常作息。又接到大陸親戚來電，說是要回台灣辦事，想在家裡住十天。我沒多想，就一口答應了。親戚到台中，我開車去接他回家。他生活習慣和我們不同，晚上很晚睡，白天很晚起床。現代有孩子的小家庭，生活節奏很緊張，一大早就要叫孩子起床，送孩子上學；晚上又要催孩子洗澡、準備書包。這些動作都會發出聲響，影響親戚安寧。

夏天天熱，在家裡穿的比較隨意，親戚住家裡，總是有點不方便。雙方飲食習慣不同，家裡也很少開伙，就由親戚自行解決吃的問題。我忙，老婆生病，都無法招呼他。還好親戚去台南住了兩天，又提前一天走，總共住了七天。他走後，我仔細想了一下，發現現代小家庭步調很快，大概最多能讓客人在家住三天，住久了，會影響日常生活。以後不管我去那裡玩，都要避免住在親友家中，如果非住不可，也只能住三天。

最近的生活有如狂風暴雨，總是忙忙碌碌，時間不夠用，有些該做的事常忘了，或拖著沒去做。想寫的論文，資料都搜集好了，但總是抽不出時間寫論文。等到加退選完，老婆身體康復，我的生活就可以上軌道，雨過天晴，輕鬆一點。

（九十七年九月廿一日）

整齊

家裡有兩個五、六歲小孩，活動力極強，想要維持家中整齊，難之又難。剛剛把東西整好、收好，沒多久又亂了。教也教了，說也說了，孩子還是把家弄得亂七八糟。

老婆的生活習慣和我大不相同，她是率性不拘小節的人，東西用完，常隨手一丟。剛結婚時，也曾數度溝通，後來當然是我退讓。於是，在老婆和兩個孩子的共同努力下，一間間房間淪陷，先是臥室、遊戲間，接著客廳、廚房，最後只剩書房，還在我控制範圍內。老婆最喜歡到書房，倒不是要陪我讀書，而是書房是全家最整齊的地方。

書房裡，書架上的書，好像閱兵分列式，整整齊齊。所有東西都放在固定位置，用完之後，一定物歸原位。打開抽屜，裡面是排好好的。總之，就是所有東西都井井有條，隨時可找到。

記得我小時候，東西也是亂丟亂放。看完報紙，桌上一丟，就不管了，反正媽媽會收拾。抽屜一拉開，大大小小東西亂塞一通，有時關都關不上。為了髒亂，不知被爸媽說了多少次，還是我行我素，把大人話當成耳邊風。

後來為何變成愛整齊的人呢？人的行為改變，總是有原因。變整齊主要是兩個因素，一是成功嶺大專集訓。上過成功嶺的人都知道，內務很重要。早上起來，要把棉被折疊的有稜有角，東西要放固定地方。甚至那個口袋，放什麼東西，都有規定。

從高中開始，我就轉變成個乖乖孩子，不敢違背學校規定。在成功嶺上，當然是乖乖的照規定整東西，慢慢改變了我的生活習慣。說起來成功嶺的洗禮，還是有用的。

成功嶺上我已經開始改變，但成功嶺上的時間太短，還不足以完全改變我。另一個真正改變我的因素，是大一住校。當時學校規定，大一學生全部住校。住校就免不了內務檢查，我剛下成功嶺，還是把東西弄得整整齊齊。教官在檢查時，難免會誇獎個一兩句。教官誇獎的魔力可真大，為了再獲得誇獎，我只好乖乖把東西弄得更整齊。那一年住校之後，我就養成了整齊習慣。

不過，整齊習慣有時也會帶給別人不便。比如我脫下鞋子，都把鞋子對齊排好，可是別人鞋子亂放，獨我排齊，反而異樣。又如我喜歡把東西，放的端端正正，這也會給別人壓力。所以啊！整齊只能要求自己，不能要求別人。

另外，還有件印象深刻的事。大一時，曾去採訪一位老師，那老師已經八十多歲，是個很愛整齊的人。據說他每件東西都有固定位置，甚至停電時，都能摸黑從書架上找到書。夏天，冬衣收在床下箱子裡，哪件衣服在哪層，他都記得。這可是功力深厚，比我厲害多了，望塵莫及，真讓人佩服。

（九十五年八月二十日）

颱風水淹四房間

早上六點三十分鬧鐘響了，這是我平常起床時間。但今天是星期五（九十七年七月十八日），我輪休，不必上班，想多睡一會。摸到定時器，調了一小時。七點三十分定時器響起，準備起床。

在床邊先坐了一下，幾分鐘後，準備穿拖鞋。這時發現一件怪事，上床時拖鞋擺在床前，現在竟然移到左邊了。心想可能小孩上廁所，把拖鞋踢到左邊。再仔細一看，不得了了，拖鞋竟然漂在水面上，房間淹水。

下床發現水深到腳踝，打開臥室門一看，樓梯一直滴水，屋子竟然在下小雨。馬上叫醒老婆。老婆正睡得迷迷糊糊，醒來一看房間積水、樓梯滴水，她直覺認為是頂樓天窗破了。我趕緊上樓，又請老婆趕快拿雨傘來。

到頂樓才發現天窗沒破，水是從門縫滲進來的。打開頂樓門，外面下著大雨，樓頂積了一層水，積滿了後，就從頂樓門縫滲進來，沿著樓梯滴下去。

老婆匆忙拿來雨傘，我撐著傘衝出去，清理排水孔。頂樓有兩個排水孔，都被雜物堵住，水排不出去，愈積愈深。我正在清排水孔，老婆心急，沒打傘就衝出來，協助清排水孔。下著傾盆大雨，清好排水孔，兩人都淋濕了。

排水孔雜物清好，積水很快退了。開始檢查房間。我住的是三樓半透天，頂樓前面搭了半間（俗稱神明廳），後面是空的，沒蓋起來，水就積在後面屋頂。頂樓前面沒進水；三樓有兩個房間，靠東的書房沒進水，靠西房間積水了；二樓兩間都進水，臥室在東，進水最多，靠西的遊戲間，積水較少；下樓一看，客廳也積水了，一共四個房間有水。

家裡東西多，甚至樓梯間也堆著雜物，這次可慘了。老婆不休息，立刻找出工具清理積水。我叫醒哥哥、妹妹，每人搬個小椅子，拿著毛巾、水盆，坐著吸水。老婆清臥室，我和孩子先清遊戲間。遊戲間東西不少，有些輕的東西漂在水面，有些書在地上泡水了。還有些洗好裝在塑膠袋，預備收起來的衣服，也泡在水裡。我和孩子趕快用毛巾吸水、擰乾、再吸水，盆子滿了就倒到廁所。

好不容易才把遊戲間水弄乾，又幫老婆清臥室。還好臥室地上東西比較少，損失不大。清完臥室，清三樓房間，再清客廳。弄到下午，才清好四個房間。

這是搬來新家四年，第一次遇到淹水，以後颱風前，一定要先到頂樓檢查排水孔，不能輕忽。

看電視才知道，這次卡玫基颱風，氣象局沒預報中南部大雨。結果中南部出現百年罕見的暴雨，農產損失超過十億。中南部很多地方有土石流，路坍、橋斷、屋倒，造成七一八水災。台中市有些馬路成河流，溪流潰堤，車子掉落溪內，地下室車輛泡水，還有些人被水沖走，受損嚴重。比較起來，四個房間積水，算是損失輕微的。

（九十七年七月二十日）

筆

前幾天，有位文具商來辦公室。我隨手拿起桌上的三色筆，問她：「這是什麼筆？」她說：「靜音筆。」沒錯，她還真內行，她看的正是今年日本廠商斑馬出的靜音筆。文具中最難懂的是筆，只要弄清楚筆，文具就懂了一半。

說是靜音筆，其實也不是完全沒聲音。筆的後端，有個玄轉紐，轉到某一角度，聲音正常；轉到另一角度，聲音變小聲點。或許這只是個噱頭，或許日本人對聲音太敏感，稍大點聲音就受不了。這隻筆主要用途是在開會時，聲音小點，免得影響開會。

每個人多多少少有點收藏癖，我也有。貴的東西收藏不起，只好收藏些便宜東西、小東西。因為諸多因素影響，多年前，我開始收藏筆。有花錢買的，有贈送的，只要功能、外形特殊，我都收藏。幾年下來，收藏不少各式各樣的筆。筆的體積小，只要幾個鞋盒，就能全部裝起來，不占空間。

筆，大略可分成兩種：一是單純的筆，用來寫字的；一是有附加功能的，除了寫字，還有其他功能。單純的筆，有不同廠牌，長短、顏色、筆心都不同。有超大的筆，也有非常短小的筆，還有可伸縮的筆。有些筆，筆身有特殊造型。還有種健握筆，在手指握筆部分，特別粗大，寫字比較舒適。還有種磁浮筆，號稱書寫時可省力。

附加功能的筆，有很多花樣。有新科技製出的筆，如MP3筆、收音機筆。我買過幾支收音機筆，都是中國大陸製造的，品質不好。訂報送了支MP3筆，有1G容量，可以聽MP3，當隨身碟、錄音。我在網路上，找到支筆型錄音筆，外表和一般筆一樣，只有幾百元，使用很方便，單鍵就能錄音。可惜只能錄兩分鐘，但可分成幾段錄音。這兩支筆，我天天隨身攜帶。

還有些筆，雖然可以書寫，但主要功能並非在寫字，而是筆裡面藏了某些東西。這類筆如指揮筆、打火機筆、錶筆、刀筆、便條紙筆。有時手上有筆，想要記事，找不到紙。就有人發明了便條紙筆，筆身藏有白紙，可拉出記事，不怕沒紙。刀筆是非常危險的，外表像一隻筆，抽開來裡面藏一把刀，目前是違禁品。

並不是外表像筆的東西就是筆，比如錄音筆、手電筒筆、磁鐵筆、雷射筆、驗鈔筆、測電筆、PDA用筆、筆刀。或者號稱筆，或者做成筆的形狀，其實不是筆，不能書寫。

老婆知道我喜歡收藏筆，看到特殊的筆，會買來送我。最近送我一支新出的筆，外表和一般原子筆一樣，但尾巴有LED燈。以前也有類似的手電筒筆，筆身比較粗，這支筆粗細和一般原子筆差不多。從透明外殼可看到裡面有三顆小水銀電池。有LED燈，可以寫字，一支要多少錢？說出來會嚇一跳，定價是十五元，老婆花十二元買的，真是便宜，合乎我收藏筆的原則：特殊、便宜。

（九十六年十一月廿六日）

放風箏

前幾天，去台中都會公園放風箏，第一次放就成功的放了風箏。我的風箏線是一般風箏線的三倍，線放完時，風箏飛得很高、很遠，只剩一小點。我讓孩子拉拉風箏線，體會風箏在高空中的拉力，孩子很高興。後來我把風箏線全部捲回來，將風箏由高空招回地面，先休息一下。

第二次放風箏，不太順利。風力不夠，一試再試，風箏還是飛不起來。奇怪的是，其他放風箏的人，風箏都飛上青天，只有我的風箏飛不起來。本來我還想再試，但看到老婆臉色有點不太對勁，為了夫妻和諧，只好收起風箏，打道回府。

我喜歡放風箏，技術還不錯，只是偶而會被老婆恥笑。假日時，如果有風，常帶著孩子去公園放風箏。用的是普通風箏，但線長可以飛很高。

以前我也擁有過比較特殊的風箏。有次去九份玩，住風箏博物館。早上起來，逛博物館，看到些奇特風箏，還看到特技風箏。後來買了個八卦風箏，形狀是八卦型，上面有猙獰的鬼頭，沒有下垂的尾巴，兩邊也沒漂浮的帶子。我懷疑是否能飛起來，風箏博物館的人保證可以飛起來，還說這風箏曾經得獎。

離開九份，我先沿著東北角開車到宜蘭，然後又往南走，到了羅東運動公園。看到公園裡有人放風箏，我停好車拿著八卦風箏去湊熱鬧，這是買來第一次試放。不料這種特殊風箏很難放，怎麼都飛不起來。正在奮鬥時，來了個年輕人，問我這風箏哪兒買的？我如實告知。反問他有何事？他說：「我是羅東三馬技術風箏廠的人。」遞給我一張名片。又說：「這八卦風箏就是三馬的產品，看你似乎不太會放，過來問一下。」

天下事說巧還真巧，沒想到會在羅東遇到八卦風箏的製造者。我看到他名片上印「特技風箏社」，順便問他：「我在風箏博物館看到特技風箏，還看了特技風箏的錄影帶，特技風箏好像是從日本傳進來的。」他笑著說：「不對！特技風箏就是我們公司發明的，發明的人正在那放風箏。」他隨手就指給我看。

後來在不同地方，我陸陸續續放過八卦風箏，每次都會吸引人目光，大家好奇沒尾巴怎麼飛得起來。但有一次可是惹老婆不高興，那是去台中港海邊放風箏，那天風不小，但八卦風箏鬧彆扭，就是不肯飛上去。前前後後花了一個多小時，還是飛不上天空。

終於旁邊有人看不下去了，主動跑來幫我放，他也放不上去。眼看天愈來愈黑，人潮都已散去，我還在和風箏奮鬥。老婆可是不耐煩了，要我回家，我不肯。「再試一次！一次就好。」結果又半小時過去，還是飛不起。老婆修養雖然好，臉皮也有點緊繃，最後為了夫妻和諧，只好回家。有了這次經驗，以後老婆說收風箏，當然只能乖乖聽話了。

（九十五年八月六日）

盆栽

種種盆栽，對中老年人是個好嗜好，既可運動，看到植物成長，也帶來喜悅。我一向注重實用，要種盆栽，就想到「牡丹花好空入目，棗花雖小結實成」，結實成總比空入目要好。

想來想去，想到反正要花同樣時間，做同樣工作，倒不如種種菜，菜長大可做盤中飧。問題來了，種菜要有田地，有園圃，這我都沒有，要如何種菜？窮則變，變則通，想出個方法，何不蔬菜盆栽化？用種盆栽方法，來種蔬菜。

想到就做，練習當老圃。先去興農超市買了青梗白菜種子，一包十五元，背面註明內有六百顆種子。頂樓有三個長方型盆子，裡面有土。回家後，先將種子泡了一夜水，第二天就播種在盆子中。

其實，以前我就在頂樓種過菜，好不容易等菜長大，正要採收時，一夜之間就被蟲子吃光了。看到枯敗的菜枝，欲哭無淚，也就停止種菜了。這次有意再種菜，可算是重作馮婦。

隔了幾天，種子發芽了。天天灑水，天天看，芽就那麼一點點，長的太慢了，應該有快一點的法子。這種長法，不知何時才能收成。想當老圃，要有耐心，慢慢等菜長大。

買種苗，應該比播種快。但那裡有賣種苗呢？還好現在有網路，上網一查，發現離家最近的種苗中心，是在太平東平路的興農股份有限公司太平營業所。先打電話，問清楚了地方。

除夕前一天，去了種苗中心。一看，以花果種苗為主，蔬菜種苗不多。買了A菜、韭菜、高麗菜、蔥等種苗，一株約二到三元。種苗中心還有些菜豆類種苗，需要搭架子，嫌麻煩沒買。又買了一包土，一包肥料，並問清楚栽種方法。

臨走前，我問：「為何沒小白菜種苗？」店員說：「種白菜都是用種子，買種苗不划算，沒人會買。」

回到家，先找容器，所有大大小小容器都可用。大的容器，種高麗菜；小的容器，種韭菜、種蔥。老婆拿來幾個舊花盆，又找到些寶特瓶、塑膠盒子。我先逐一裝土，再移入種苗。就在客廳，把所有種苗都種好了。種到最後，容器不夠，乾脆把紙盒、紙杯都拿來種種苗。

隔日，找孩子幫忙，將容器搬上樓。有些放在書房外，陽台上；有些放在樓梯轉角，上面有個小天井，可透光。這幾天來，一起床，就先去灑水，希望一、二個月後，能夠有收成。頂樓播下去的種子，等長大一點，再逐一移入容器內。希望這些種苗、種子，都能順利的成長。

（九十七年二月三日）

綁架電話

詐欺集團花樣百出，早期是寄刮刮樂信，後來假冒銀行、國稅局傳簡訊，現在又有綁架電話。

周遭親友幾乎都接過綁架電話，我接過不只一次。第一次接到，措手無策，第二次接到，是這樣處理的：電話響，接起電話，電話裡有個年輕男子邊大哭邊說：「爸爸！爸爸！我欠地下錢莊錢，被綁架了，快來救我。」我很冷靜的說：「你被綁架了，好可憐，趕快報警。」然後就掛上電話。

有些接到綁架電話的人，會信以為真，被嚇壞了。老媽就曾被嚇得發抖。老媽雖是七十多歲，卻曾隻身跑遍大江南北，社會經驗豐富，不是涉世未深的人。而且還天天看報、看電視，常警告我們要小心詐欺伎倆。

有天，電話響了，老媽一接，電話裡傳來女子哭聲，哭的非常悽慘，聲嘶力竭的哭，老媽一輩子也沒聽過這麼悽慘哭聲，當場嚇得手腳發軟，四肢無力，心臟病差點發作。嚇得她馬上掛上電話，立刻打電話給舍妹，舍妹一聽狀況，就知是詐欺電話，請老媽不要理那電話，老媽才慢慢恢復平靜。雖然沒上當，卻被嚇得整天心神不寧。

後來，我們也想出了應付方法。告訴老媽，接電話前，一定要先看來電顯示。看見是熟識的電話號碼，再接電話；如果是陌生電話號碼，或是不顯示電話號碼，就千萬不要接。年紀老了，實在經不起嚇。

這類詐欺電話大概是模仿日本，不是詐欺集團獨創的，日本早就有這種詐欺電話。山下勝也著、呂理州譯、商周出版的《詐欺手法70招》，第三章〈「是我啦！」詐騙手法〉，就是講詐欺電話。二〇〇三年，日本詐欺電話件數有六五〇四件，被騙十五億日幣。通常是假冒兒子或孫子，向老人家騙錢。

不過，台灣詐欺集團唯利是圖，遠比日本惡劣。日本詐欺電話只不過是用急切聲音騙錢，台灣竟然是用大哭聲，也不管會不會嚇到人。日本詐欺電話通常是用遇到交通事故、地下錢莊暴力討債、他當保人朋友落跑、女朋友要墮胎等理由騙錢，而台灣詐欺集團卻是直接用綁架做理由，更是嚇人。

怕被騙的人，還有本書可參考，那就是黃伯達著、業強出版的《台灣騙術100招》。書中搜集的騙術相當完整，但就是沒提到這類詐欺電話。綁架電話大概是台灣騙術第一〇一招。

（九十四年七月廿四日）

吸鑰匙

我很喜歡看展覽，幾乎所有展覽都看。最常跑的，就是台中世貿中心和國家音樂廳預定地，這兩個地方常有展覽。

看展覽，當然會看到些新產品，難免手癢，想買些新產品。貴的買不起，買些便宜小東西，總可以吧！只是舍妹看法和我不同，她常說：「大哥！省點錢吧！不要亂花錢買那些無用的小東西。」我懶得和她辯駁，還是我行我素，不時買些新奇產品。

有一次去看展覽，看到一支伸縮磁鐵筆，和一般指揮筆一樣，能伸縮長短，特殊的是筆的前端是塊圓形小磁鐵，可以吸些鐵釘、螺絲、針等小金屬物。如果小金屬物掉進隙縫，手搆不到，可以拉長磁鐵筆，深入隙縫，把小金屬物吸起來。看到這支筆時，覺得很新奇，一支一百多元，價錢也不貴，就買了一支，心想或許某一天會用到。

某個星期六上午，我正在家裡看電視，突然接到妹妹電話。電話中，舍妹告訴我，她遇到麻煩了。她剛剛去丸久超市買東西，汽車停在丸久超市門口，沒想到掏鑰匙時手一滑，鑰匙掉進水溝，撈不起來。電話中妹妹很著急，要我趕快去幫她。

總算有機會用磁鐵筆了。馬上換好衣服，帶著磁鐵筆，騎機車趕去丸久超市。

二十分鐘後，我趕到現場，一看，妹妹還在想辦法撈鑰匙，旁邊幾個人在出主意。原來在丸久超市門口側邊，有個比碗口略小的圓洞，洞下面就是水溝，圓洞上沒有任何遮蓋物。鑰匙失手掉進圓洞，手伸進去搆不到。

妹妹看我來了，告訴我事發經過。妹妹一邊說，我一邊彎身，掏出磁鐵筆，拉長磁鐵筆，伸進圓洞，看到黑漆漆的水溝中，有個像鑰匙圈的東西。我就把磁鐵筆往上一吸，吸住了，輕輕拉上來。

妹妹話還沒說完，我已經把整串鑰匙吸起來了。妹妹一看，目瞪口呆，簡直不敢置信。她花了半個多小時還撈不到鑰匙，沒想到不到二分鐘，就被我吸起來了，問題簡簡單單就解決了。

這時，我才注意到妹妹袖子捲起來，手臂還有些小擦傷，應該是伸手進圓洞撈鑰匙造成的。妹妹手上還拿著旁人借她的一塊小磁鐵，不過這磁鐵綁在彎彎的鐵絲上，難怪撈不起鑰匙。

妹妹問我怎麼撈起來的？我拿磁鐵筆給妹妹看。妹妹說磁鐵筆很方便，買支磁鐵筆，就不怕鑰匙掉進水溝。我聽妹妹一講，乾脆直接把筆送給妹妹，以後看展覽，我還有機會再買一支。

問題解決，我要走了。臨走前，我問妹妹一句：「以後還會反對我花錢買小東西嗎？」妹妹的答案當然是：「以後再也不反對了。」

（九十四年十二月十八日）

雞婆老婆

老婆在鄉下長大，有著鄉下人的熱情，愛多管閒事。我常常勸她：「老婆啊！我們現在住在都市裡，都市比鄉下複雜，少管閒事，不要惹禍上身。」她總是不聽勸，我行我素，我只好一勸再勸。

終於，惹上麻煩了。那是小女兒住院的時候，她到處串門子，很快就認識隔壁病床的女孩。老婆告訴我：「老公！那女孩真可憐，家境窮困，又得了紅斑性狼瘡（俗稱蝴蝶症）。高中休學，在賣場打工，自食其力。家住桃園，每月要到台中看病，住院一星期。我有時和她聊聊，關心她一下，買了東西，也請她吃一點。」我說：「老婆！妳和她非親非故，她的事和我們無關，少管她。」和往常一樣，我的話又成耳邊風。

女兒出院了，老婆繼續關心那女孩，隔段時間就打電話和她聊聊。有天，女孩打電話來了，老婆放下電話後說：「老公！那女孩說薪水還沒發下來，缺錢用，要借一千元，怎麼辦？」「妳看吧！惹上麻煩了吧！借了，她經濟欠佳，可能不還。」「老公！她打工過日子，很可憐，又有病，幫幫她吧！」最後，還是去郵局，匯了一千元。後來，又陸續借了幾次錢，每次都借一千元左右。

幾年後，老婆還和那女孩保持聯絡，偶而煲電話粥。她來台中住院時，老婆有空就去醫院看她，陪她閒聊，有時還幫她洗衣服，請她吃飯。

今年中秋，老婆又撥了女孩手機，講了幾句，老婆放下電話，神色黯然，我趕緊問：「怎麼了？」老婆臉色發白，眼眶含淚，囁嚅說：「死了。」「誰死了？」「蝴蝶症女孩死了，不到二十歲。」「妳怎麼知道的？」「我剛剛打電話給那女孩，是她爸爸接的。她爸爸說，女兒不久前過世了，臨死前特別交代，要她爸爸向我說聲謝謝。」我握住老婆的手，老婆的手冰冷。

我後悔了。我不知道死神會這麼早召喚年輕的生命，如果早知道，我會鼓勵老婆多關心她一點。這件事之後，我再也不勸老婆了，她照舊雞婆，四處哈拉。

中華民國思樂醫之友協會（http://www.sle.org.tw），有些蝴蝶症資料可參考。

（九十四年七月三日）

老婆開車

老婆考汽車駕照，第一次沒考上，第二次才考上。有了駕照，老婆光明正大開車上路，而我就坐在她旁邊，指導她開車。老婆很少道路駕駛經驗，我只好不厭其煩的教她。我還提醒她，儘量開在自己車道，不要任意變換車道。

老婆膽子小，開車很謹慎小心，眼睛盯緊路面，不超速，不變換車道，該快時快，該慢時慢，開車很穩。

幾星期後，有一天，開車回娘家。我想，老婆開車很穩，應該沒問題了。於是，我和兩個孩子坐在後座，讓老婆一人在駕駛座開車。

開到台中文化中心附近，前面是紅燈，老婆踩煞車，放慢車速，準備停車。原來是兩線車道，到了紅燈時，變成三線車道，一線是左轉車道，另兩線都是直行車道。老婆本來就開在外側車道，現在當然慢慢滑向外側車道。

就在快要滑進車道時，我突然從後視鏡看到右後方路邊有輛公車疾駛而來，想要從路邊插進外側車道。我眼看公車快要擦撞上了，急著喊：「靠左！靠左！趕快靠左！」這時左邊車道沒車，老婆還來得及進入左側車道。

偏偏老婆一緊張，來不及反應，車子還是滑向外側車道，沒向左側車道靠。只聽到「涮！」一聲，公車擦撞到車子右側。老婆踩住煞車，車子停下來，公車又往前開了二、三公尺，也停下來了。還好擦撞力量不大，車上沒人受傷，孩子也平安無事。

我下車處理，公車司機也下車了。公車司機說：「我立刻打電話，請公司派人來處理。」公司處理人員來得很快，十多分鐘就到了。一看兩輛車位置，擦撞情形，處理人員馬上道歉說：「對不起！對不起！都是公車錯，不應該搶車道。公司負責把車子修好。」幾天之後，公車公司果然把車修好了。

事後，我問老婆：「妳為何不把車道讓出來？轉向左側車道。」老婆說：「是你說不要任意變換車道的。而且，我開在我的車道上，公車搶進來，根本是大車欺負小車，不是我的錯。」我只好開玩笑說：「以後在馬路上，除了坦克車外，別的車妳都不必害怕了。」

（九十四年九月廿五日）

指鹿為馬

哥哥今年六歲，去拔牙。拔完牙，醫生說：「小朋友！麻藥還沒退，千萬不要咬嘴唇。」哥哥不聽話，把嘴唇裡面咬破幾個洞，嘴角也破了，腫了起來。看著哥哥紅腫的嘴唇，又好氣又好笑。由這件事，也想起哥哥小時的幾件事。

哥哥剛剛會坐學步車時，總是喜歡逛來逛去。有天中午，我煮了一大碗玉米濃湯，太太端去客廳，放在茶几上。家裡人少，平常就用客廳茶几當餐桌，在客廳吃飯。這時，哥哥坐在學步車裡，在客廳玩。太太心想，哥哥應該搆不著玉米濃湯，就到廚房拿碗筷，留哥哥一人在客廳。不到一分鐘，就傳來哥哥慘叫聲，急忙衝到客廳，一看，哥哥竟然從學步車爬到茶几上，把剛煮好的玉米濃湯打翻，手還放在碗裡。趕快沖、泡、送醫院，治療了幾個星期，幸好沒留下疤痕。

哥哥三、四歲時，去新竹動物園玩。正沿著柵欄看動物時，哥哥突然往前跑，嘴裡興奮的喊著：「馬！馬！」「馬？動物園養馬？難道是斑馬？」我們心裡納悶著。走前一看，原來是鹿欄，裡面有幾頭鹿。哥哥第一次看到鹿，錯認為馬。我們終於知道，這世界真的有人指鹿為馬。

也是三、四歲時。有天晚上，家裡停電，趕快拿出手電筒。哥哥拿著手電筒玩，東照西照，正愉快時，哥哥忽然面露恐懼，嘴裡說：「怕！怕！」剛開始，還弄不清狀況，問哥哥：「怕什麼啊？」哥哥手指牆壁，不說話。仔細一瞧，原來是手電筒把哥哥影子照在牆壁上，放大好幾倍，哥哥竟然被自己影子嚇到了。

哥哥從小怕黑。有天晚上，要帶孩子出門，哥哥先走出門，望著漆黑的天空，突然說：「爸爸！開燈。」孩子啊！我知道你怕黑，想開燈照亮黑夜。可是爸爸有再大的本領，也不可能開一盞燈，照亮整個黑漆漆的夜空。

現在，哥哥六歲了，懂事多了，不像以前調皮搗蛋。咦！等一下。樓下傳來太太聲音：「哥哥！你在做什麼？又搶妹妹東西，把東西還給妹妹。」唉！孩子就是孩子，總是吵吵鬧鬧。

（九十四年六月十二日）

哥哥的新夾克

天冷了，花了一千元，替哥哥買了件漂亮夾克。哥哥讀小學一年級，第一天穿夾克上學時，我千交代萬交代，要看好自己夾克，不要丟了。下課回家，哥哥說夾克被搶了。被搶了？學校裡有強盜、土匪？太離譜了。

詳細問哥哥，哥哥說：「有位別班小朋友，也是一年級，是以前讀幼稚園的同學。他看到我穿新夾克，把夾克拉鍊一拉，夾克一脫，搶了就跑，我追不回來。」

這明明就是搶劫，強盜是小學一年級學生。老婆立刻打電話給班級導師，導師說不知道這件事。又打電話給幼稚園老師，老師說：「那位小朋友讀幼稚園時，就常搶小朋友東西，看到喜歡的就動手搶。」老師還說那位小朋友的家，就在學校附近。

夾克被搶了，也不知道被丟到那裡，愈快找回來愈好。老婆立即騎車去那位小朋友家，前前後後去了三次。第一次小朋友不承認，第二次小朋友承認了，第三次去小朋友才說夾克丟在學校。

一件漂亮新夾克，才穿一次就不見了，多可惜。而且這件夾克市價三千元，我們是透過熟識的店員，以優惠價買的。為了怕夾克丟掉，第二天一大早，老婆就去學校，找小朋友班導師。我們想法很簡單，只要把夾克拿回來就好了，我們抱著息事寧人的想法，不想追究這件事。

老婆去了學校兩次，回來說夾克找到了，但要留做證物。學校要找雙方家長、學生，兩班導師到訓導處談。後來還是老婆去談的，我始終沒出面，沒見過那位小朋友。

老婆滿臉淚水，哭著回來，我急忙問怎麼回事。老婆抽噎著說，在學校訓導處雙方家長見面了，小朋友也承認是他搶的，小朋友媽媽在老師面前態度還好。離開訓導處後，老婆想去幼稚園向老師說清楚來龍去脈，在幼稚園前碰到小朋友媽媽。

沒想到小朋友媽媽說：「誰叫妳孩子穿漂亮夾克到學校？不穿漂亮夾克到學校，就不會被我孩子搶走。我孩子搶夾克時，妳孩子為何不抓緊夾克，抓緊夾克就不會被搶走了，還害我孩子被他爸爸打一頓。」照這樣說來，夾克被搶是我孩子不對，她孩子搶夾克沒錯，天下竟然有這種歪理。老婆一聽氣的發抖，放聲大哭。

小學一年級學生眾目睽睽下搶夾克，不能把學生退學，無法把學生移送法辦，只要拿回夾克，也就算了。只是這位媽媽護短到這種程度，只怕這位小朋友前途堪虞。唉！天下竟然有這種媽媽，難怪會有這種孩子。

（九十四年十二月十一日）

養蠶記

依稀記得小時候養過蠶，一直餵蠶吃桑葉，蠶愈長愈大，吐絲作繭，又破繭成為蛾；蛾生了很多蠶卵，然後蠶卵冒出小蠶。我用毛筆把小蠶弄到桑葉上，記憶到此就斷了。最後如何處理一堆蠶呢？想不起來，大概是送人了。

現在的小孩可是極沒耐性。哥哥從學校帶了兩隻蠶回來，說是要養蠶。這可麻煩了，蠶要吃桑葉，我跑了幾家書局，都說時間過了，不賣桑葉。老婆從附近路邊摘了些桑葉，很快就吃完了。總算到了假日，我帶孩子開車上山摘桑葉。車停好，還沒走多遠，老婆開始抱怨：「桑葉呢？你不是說山上很多桑葉，怎麼沒看到。」「怪了！十多年前這裡滿山都是桑葉。」「拜託！也不說清楚點，十多年變化有多大！」我還是不死心，找啊找，終於摘了些桑葉。回家後，哥哥宣布養蠶太麻煩，他不養了。

摘了一堆桑葉，才說不養，那桑葉怎麼辦？於是養蠶的重責大任，落在老婆身上，我也協助換桑葉。隔了幾天，老婆說有螞蟻進蠶寶寶盒子裡，我說那很簡單，把盒子放電視上，高高在上，螞蟻就進不去了。我把事情想的太簡單。隔幾天老婆叫：「不得了。盒子裡都是螞蟻。急救之後，一隻沒事，另一隻已進入彌留狀態，動也不動。」我說：「老婆別緊張，不動可能是脫皮，不是快死了。」經過細心照顧後，蠶寶寶總算撿回小命。

螞蟻問題還是要解決，老婆束手無策，我可是有辦法。找個臉盆放些水，中間倒放個杯子，將蠶盒放在杯子上，這就好了。我對老婆說：「妳放心了吧！蠶盒四周環水，螞蟻不會游泳，絕對安全。」老婆直點頭。我又說：「蠶寶寶愈來愈大，妳該訓練蠶寶寶游泳，萬一掉入水裡，還可游泳上岸。」老婆白我一眼說：「別鬧了！你見過蠶游泳嗎？」

現在蠶大了，白嫩嫩的身體很可愛。有天幫蠶換桑葉時，突然想到蠶還真幸福，一切都有人服侍，只要一直吃就好了。又想到一件事，千萬拜託不要兩隻都是公的、或兩隻都是母的，到時可就白養一場。

隔段時間，蠶開始吐絲，出現兩顆繭。再來就是蛾破繭而出。看到兩隻蛾親親愛愛，終於放心，是一公一母，產卵有望了，很快就會有小蠶寶寶從卵中冒出來，要設法摘更多桑葉。

李商隱詩：「春蠶到死絲方盡。」其實蠶在絲盡之後，並沒有死，而是在繭中蛻化成另一種生命形態。想想還真神奇，軟軟爬行的蠶，在繭中竟然變成有翅膀的蛾，樣子也完全變了。聯想到毛毛蟲化成蝴蝶，更是奇妙無比，生命形態竟可如此轉換。

（九十五年六月廿五日）

神奇寶貝樂園

孩子吵著要去神奇寶貝樂園，考慮很久，終於在八月底，孩子快開學前，開車北上，去神奇寶貝樂園，痛痛快快的玩了一天。

說是痛痛快快，可是一點不假。快樂的是孩子的歡樂，在晚上十點樂園關門，走出樂園門口那刻，哥哥一直說：「今天真高興。」痛苦的一是金錢的花費，二是在烈日下長時間排隊。

為了有充裕時間到樂園玩，我們前一天就上台北，在國賓大飯店住了一夜。本來依我們的生活水準，很少住五星級飯店，但是這次情況特殊，住國賓大飯店，可以送兩張大人票。扣除大人票的錢，實際的住宿費約三千多元。

經過一些波折，終於在第二天十一點多，到了神奇寶貝樂園。車子停放在旁邊收費停車場後，就進入神奇寶貝樂園。

聽說這樂園在日本已經有三十多年歷史，這次是專程從日本空運器材到台灣。聽起來似乎不錯，到現場一看，才發現原來是在天文館旁空地，臨時搭蓋的遊樂區，約有三個操場大，分成十二區。

扣除第十二飲食區，第十賣紀念品的神奇寶貝城，實際可玩的有十區。其中第一皮卡丘之森、第二水躍魚的滑水道冒險之旅、第三神奇寶貝星空幻境之旅、第四皮丘兄弟頑皮列車、第五神奇寶貝旋轉木馬，這幾項都是遊樂器材。雖然有些裝飾，實際上在一些遊樂場也常見到，真讓人失望。花那麼多錢，只是些普通遊樂設施，而且完全都是人工的。真正有特色的，大概只有3D電影和狩獵之旅。

大人會分析評估，小孩可不管這套，只顧著玩。本來想依照順序玩，後來乾脆想玩甚麼就玩甚麼。神奇寶貝樂園地方不大，本來可以很快玩完。問題在於我們是星期六去的，人潮擁擠，大排長龍，每玩個地方，都要排很久。最長紀錄是排七十分鐘，也排過五十分鐘的，在太陽下排隊，真是受罪，後悔不該此行。

孩子的體力可真是驚人，大人都受不了了，哥哥妹妹還能忍耐。哥哥只有玩最後一項有點累，妹妹可都沒說話。最後每個項目都玩過，還重複玩一些項目。3D電影看了兩次，影片都一樣，看第二次，孩子還是很興奮。狩獵之旅一共玩了三次，第三次玩，已經晚上十點要關門了，我們是最後走的一批遊客。

狩獵之旅比較特殊，我介紹一下。第一當然是先排隊。進去後，坐在椅子上照相。服務人員把相片存入神奇寶貝球內，然後拿著球進入另一房間，捕捉神奇寶貝影像。房間不大，牆壁上有許多亮點，球靠近，中間燈亮，就抓到一隻，最多捉六隻就滿了。然後到門口，印出相片。哥哥玩了三次，才捉滿六隻。

這趟神奇寶貝樂園之行，小孩高興大人累。但最令人訝異的是停車費，一小時四十元，要開車時才發現，在裡面玩了十多小時，停車費竟然要四百六十元。我還以為到某一數目就不累計了，或是論日計費，真是繳的心不甘情不願。

（九十五年八月廿七日）

花東之旅

每年暑假，都會帶孩子外出旅遊。今年暑假是去花蓮、台東旅遊，在外住了四個晚上，主要的目標是花蓮的遠雄海洋公園。

旅遊最重要的是住宿。在旅遊前幾個星期，我們去參觀旅遊展，看到一家浮樂德休閒事業，在花蓮、台東都有飯店。當場買了住宿券，並且請業務幫我們訂了花蓮和知本的飯店。

八月十三日早上出發，經合歡山、大禹嶺到花蓮。沿路看到好風景，就停車觀賞。這段路彎來彎去很難走，老婆暈車開始吐，哥哥、妹妹跟進。在中橫停車休息時，突然聽到熟悉的聲音，竟然是「嗡～嗡～」的低頻噪音，在家裡天天聽到這種聲音，沒想到深山中也有低頻噪音。到天祥低頻噪音更嚴重。

在晚餐前，抵達旅館。休息一夜，第二天去遠雄海洋公園。上午先看完海獅、海豚等表演，然後開始玩各種遊樂設施。感覺上這個海洋公園商業氣息太濃，東西又貴，沒有去年屏東的海洋生物博物館好玩。

八月十四日夜，住在石雨傘邊的一間旅館。第二天早上，先去三仙台走了一圈，然後往台東市前進。經過成功鎮時，看到路邊有台東海洋生物展覽館指標，就帶孩子進去看魚。我們發現這個展覽館，沒有海豚之類大型海洋生物，但各樣各類的魚不少，票價又便宜，比遠雄海洋公園好多了。

再往前開，到了「水往上流」，多年前我來過一次，老婆、孩子沒來過。路邊有塊大石，刻了「奇觀」兩個大字。這是條灌溉用的小水溝，寬約二十到三十公分。我帶孩子沿著水溝往上坡爬，看到水確實由坡下往坡上流。要離開時，車停路邊，從另外一個角度，看到水從低處一直往二、三公尺的高坡流上去。水當然不會往上流，這只是眼睛的錯覺，這種狀況通常都發生在有坡度的地方。在韓國有類似地方，下坡看起來像是上坡；中國大陸也有幾個這類怪坡。

第三夜住在知本，洗了溫泉，還去溫泉游泳池游泳。第四天去國立台灣史前文化博物館參觀，正好遇到館慶，免費入場。裡面有不少史前文物、原住民文化介紹，孩子很有興趣，學到不少知識。

八月十六日晚上，住高雄國軍英雄館，房間普通，但每人有張床，不必兩人擠一張床。放下行李，梳洗之後，就去逛大立百貨公司、五福路的新堀江，老婆買了包包、鞋子。

最後一天，早上去逛壽山動物園。然後沿著十七號省道前進，目標是七股鹽山。幾年前，就想帶孩子去七股鹽山，卻拖著沒去，這次正好順路一遊。路上又繞去鹿耳門天后宮、鄭成功登陸紀念公園。

在七股鹽山，照了相，爬了鹽山，玩了水車，吃了鹹冰棒。哥哥、妹妹還玩了彈珠，射了氣球，才離開最後一個風景點，開車回到溫暖的家。

（九十七年八月十七日）

鹽田

人必須吃鹽，鹽一度成為重要物資。漢代鹽的地位非常重要，甚至桓寬寫了《鹽鐵論》，將鹽和鐵並論。

有需求就有供給，有人專門做賣鹽生意，一度是賺大錢的好生意。很多富有的大鹽商聚集在揚州，揚州因此繁華富庶。杜牧曾住在揚州，浪蕩歌樓舞榭，留下「十年一覺揚州夢，贏得青樓薄倖名」的詩句。

鹽除了吃之外，還有個特殊功能。我記得曾經在某書上看過，古代做人口統計時，曾以該地方鹽的消耗量來計算人口。當時沒有電腦，只好用鹽的消耗來做人口調查。

台灣四面環海，但不是每個地方都有鹽田，中部地區就沒有鹽田，鹽田都在南部，陽光強烈，才好曬鹽。要看鹽田，就要到南部沿海地區。多年前，我曾經去台南馬沙溝鹽田玩，這是我去過的第一個鹽田，留下深刻印象。

多年之後，還記得兩件事。一是曬鹽的方法。過去我一直以為，將海水引入鹽田後，等鹽完全曬乾，然後才設法取鹽。實地到馬沙溝後，才發現並不是等海水完全曬乾，而是曬到上面還有幾公分海水的時候，就用工具將鹽刮到鹽田邊，堆成小山。二是在鹽田旁的大水溝中，我竟然看到吳郭魚

（一九四六年吳振輝、郭啟彰從新加坡引進，一九四八年以兩人姓氏命名為吳郭魚）游來游去，不知是否看錯了。我向來以為吳郭魚是淡水魚，沒想到在海水中也能存活，生命力真強。

前幾年，在報紙、電視上，看到七股鹽田的介紹。當時就被七股鹽田景色吸引，想帶孩子去七股鹽田玩。沒想到幾年過去，卻一直沒去七股鹽田。今年暑假，帶孩子去花蓮、台東玩，回程經過台南，終於去七股鹽田逛了一圈。

車子下午到七股鹽田，繳了停車費，駛進停車場。整個鹽田其實已經廢棄，不產鹽，規畫成遊樂區，但規畫的有點雜亂。一進去，兩邊都是攤販，賣些吃的、玩的。攤販撐著大傘，遮住烈日。

在七股鹽田停了一個多小時。先去照了相，可以免費照一張，做成鑰匙圈。再來是去爬鹽山，大約有三層樓高，我和哥哥爬到頂端，老婆妹妹爬到山腰就下山了。又去踩小水車，可將海水引進鹽田。哥哥、妹妹又爬了兩座小鹽山，約一層樓高，一在室外，一在室內。另外，還吃了鹹冰棒，買了幾包粗鹽。

唯一遺憾的是，鹽田有鹽滷池，可以進去泡，要收費。老婆本來一直想泡鹽滷池，但還要回台中，時間來不及，只好放棄。其實，在通霄有個精鹽廠，離家比較近，有空可以帶孩子去逛逛。

（九十七年八月廿四日）

看展覽

我喜歡看展覽，剛開始只是消磨時間，慢慢看出興趣，成為嗜好。只要有時間，什麼展覽都看，平均一個多月就會看一次展覽。最常去的地方，就是台中天保街世界貿易中心（簡稱世貿）。

世貿幾乎每個月都有幾場展覽，像我這樣喜歡看展覽的人，應該住在世貿附近。可惜我住台中縣太平市，離世貿有段距離。剛開始去世貿看展覽，我都開車穿越市區，常會塞車，要花不少時間。後來學聰明了，從市區邊緣繞過去，走松竹路接快速道路，不會塞車。

世貿最多的展覽似乎是家具展，大概每季都有一次，可能很多家具商要靠展覽來賣東西。我本來也常逛家具展，後來發現逛來逛去都是那幾家，看來看去都是同樣商品，就興味索然少去逛了。

我最喜歡的是電腦展，世貿一年有幾次電腦展，名稱常換來換去，一下子叫資訊展，一下子變多媒體展，其實都差不多。電腦展多年來規劃一直沒變，始終是以廠商為單位。大廠商攤位大，小廠商攤位小。看電腦展常會遇到工讀生塞傳單，鼓動三寸不爛之舌，希望顧客買東西。我想電腦展如果能依產品來分區，尋找產品可能更方便，或許可考慮設個新產品區。

幾乎所有展覽都會在報上登廣告，有些展覽可以去超商拿免費入場券。如果沒免費入場券，只好在門口買票。通常一張票約五十到一百元，不算太貴。假日我常帶孩子去看展覽，當成家庭活動。

前幾天，世貿有文具展。這展覽不常見，大概是四年展一次。展覽前我接到一家公司寄來的邀請函，星期六我去看文具展，找到該公司攤位，請該公司幫忙換了錄音筆電池，並約好幾天後去拿計步筆。星期日帶孩子去逛文具展，買了計步筆。回家路上發現錄音筆壞了，星期一又和老婆去買新的錄音筆，送修舊的錄音筆。這次文具展去了三次，真是破紀錄。

台中每年固定有兩次機械展。一次是工商時報辦的，一次是經濟日報辦的，展覽地方每年不同，我去看過幾次。對於機械，我是門外漢，純粹看熱鬧。看到各式各樣的工具機、電腦車床，只能讚嘆。

各類的展覽中，常能看到些新產品，增廣見聞，同時也可以買到比較便宜的東西。遺憾的是台中可以辦展覽的場地不多，除世貿外，大概就只有國家音樂廳預定地，有幾次電腦展就在國家音樂廳預定地。最近台中已開始建展示中心，希望早日蓋好，將來能有更大、更好的展覽場所。

（九十七年七月六日）

卷三 我思

論文的觀念

老實說，到大學畢業，我還不會寫論文，也沒寫過論文。大四有畢業論文，是選修課，很少有同學會自找麻煩，選修畢業論文，當然我也沒選修畢業論文。本來以為論文與我無緣，這輩子大概不會去寫論文了。

誰知道天下事，往往出人意料之外，我竟然考上了研究所，不得不寫論文。真正開始寫論文，就是寫碩士論文。從選擇題目、搜集資料，到寫好論文，差不多花了一年時間。真是絞盡腦汁，痛苦不堪。會寫一篇，當然也就能如法泡製，繼續寫第二篇、第三篇。不過我是個懶散人，一向逍遙慣了，除非被逼，否則不肯提筆寫論文。

後來在專科教書，為了升等不得不寫論文，只好陸陸續續寫了幾篇論文。但都是擠出來的，幾乎都是在三個月內，不眠不休趕出論文。

寫了幾篇論文，出過幾本書，在期刊上登了幾篇論文。多多少少也有了一丁點的經驗，暫且來野人獻曝一番。

首先談觀念問題。我慢慢摸索，領悟出論文最重要的，就是要針對問題、討論問題、解決問題。一篇論文能夠解決問題，就有價值；反過來說，假如沒有接觸問題、討論問題、解決問題，沒有自己的創見、看法、觀點，那即使這篇論文寫個百萬字，也不算論文。

從這個觀點來看，很多人所寫的論文，其實只是搜集資料、排比資料、敘述資料，完全沒接觸到問題，也沒解決任何問題。這種文章當然也有其價值，但以嚴格的角度看，只能稱之為著作，不能稱之為論文。

既然論文是以解決問題為主，那何謂問題呢？一是很多人討論過的問題，本來就是個熱門問題；二是別人沒發現的問題，而你發現了問題，提出解決方法，那更不容易，更有價值。

舉個例子，假如你想研究李白，搜集了很多李白的資料。然後寫了本李白傳或李白年譜，從他童年、少年、中年、老年一路寫下去，也可以寫個二十、三十萬字，厚厚一本書，但這只是著作，並非論文。

論文一定要針對問題寫，比如李白籍貫就是個大問題。你可針對這問題，深入研究，搜集資料，把各家的說法、證據都列出來，然後一個個討論。那家是對的，那家是錯的，對的理由何在，錯的裡由何在。然後提出你自己的看法，你究竟贊成那一家看法，或是全部反對，有你自己的新看法，這才是針對問題寫論文。

這個觀念很簡單。當我們讀書時，遇到問題、發現問題，就可以搜集點資料，來解決問題，寫成論文。問題大，當然花的時間多，篇幅較長；小問題，或許只要寫個幾千字的論文。寫好後可以發表，也可以暫時不發表。我認為年輕人要多寫小論文，可以訓練自己搜集資料、分析、思考、寫作的能力。

（九十五年四月二日）

搜集論文資料的經驗

對寫論文的人來說，第一步工作是要選擇好題目或是範圍，接著就要開始搜集資料。可是有些剛開始寫論文的人，往往不知道由何處下手搜集資料，本文略談搜集資料的經驗，供初次寫文史哲論文的人參考。

一、搜集論文資料，平時就要注意。看到報紙、雜誌、學報上的相關文章，就該影印下來，分門別類整理好，以備將來寫論文之用。這種工作是長期的，要有耐性，十年、二十年慢慢的搜集，急也急不來。

二、借助期刊論文索引、報紙論文索引之類，先找到相關論文的篇目。過去必需很辛苦的一頁頁翻查索引，現在可用電腦來查詢。連到國家圖書館，就可找到許多資訊。但電腦只能查到最近幾年的論文篇目，比較舊的資料，還是要查期刊論文索引。

三、先近後遠。比如我住在台中，就要先去臺中圖書館地下室期刊室找，再去東海大學圖書館。如果是大陸論文，就要去中興大學特種圖書室、東海大學古籍室去找。台中找不到，再到台北國家圖書館、漢學研究中心找。

四、要注意一些特殊論文，如碩士、博士論文，在國家圖書館一樓有一部分，政大社會資料中心收集最齊全。還有各校的升等論文、國科會補助論文，都可在不同地方找到。

五、善用四庫全書光碟。許多圖書館都有四庫全書光碟，只要輸入關鍵字就可找到許多資料。不過美中不足的是，這光碟是大陸出版的，沒註明冊數、頁數，還要去影印的文淵閣四庫全書，仔細查冊數、頁數。

六、其他資料，比如未出版的手稿，就要設法透過關係取得。還有夾雜在某人著作中的論文、短文，電腦或期刊論文都查不到，就要靠自己去圖書館翻書。我在搜集李商隱資料時，就曾沿著書架，一本本書翻，只要看到可能會有資料的書，都要拿起翻閱。

經過這幾個步驟，地毯式的搜集，應該所有相關資料都能搜集在手上。接著就可以開始閱讀、歸類、分析，準備寫論文了。

還有個問題，初學者往往弄不清論文格式、注釋格式。其實這很簡單，只要先找到一篇專家的論文，當作範本，然後模仿他的格式，不管是分節、引文、註釋都照他一模一樣就好了。

（九十五年四月廿三日）

善用電腦搜集論文資料

撰寫論文，要先想好範圍、題目，擬訂大綱，再來就是搜集資料，分析、歸納資料，提出自己創見。過去搜集資料，困難重重，現在有了電腦，真是方便。只要善用電腦，不需要到處奔波，就可輕易找到所需的資料。

或許有些人，敝帚自珍，不願意將找資料方法寫出來。我的想法卻是好康相報，經驗共享。下面就將我的一些經驗寫出來，雖卑之無甚高論，或許可供有意寫論文的人參考。

要在古書中找資料，最方便的就是四庫全書電子版。這個電子版真是太方便了，只要輸入關鍵字，設定搜尋條件，或是經、或是史、或是子、或是集，或是經史子集，或是某書名，很快就可搜尋到想要的資料。我常到國立臺中圖書館六樓去用四庫全書電子版，找到資料，按個鍵就可印出來，一張二元。學校圖書館租了網路版四庫全書，沒有單機版好用。重要的古書，四庫全書幾乎都收入了。只要有四庫全書電子版，就不需要到處找古書。

撰寫論文，也要參考別人的論文。民國八十七年之後的論文資料，可到國家圖書館的期刊篇目索引系統中去查。查到資料後，申請文獻快遞，購買好點數，就可用遠距圖書服務系統，將資料直接傳真或寄到家。拜電腦之賜，不必出門，就可搜集到論文資料。

民國五十九年到今天的論文，要找「中華民國期刊論文索引系統WWW版」，這個版是要錢的。還好各大專校院圖書館、公立圖書館，都會租這系統。這個索引搜尋論文更方便，也可以用遠距圖書服務系統。

大陸學者寫的論文更多，寫文史哲論文的人一定要參考大陸論文。通常大陸大學學報一年出四期，刊登的論文很多，台灣大學學報通常一年只出一期或二期。過去要找大陸論文，必須到台北國家圖書館漢學研究中心，或是到大學的特種圖書室去找，很不方便。

現在坐在電腦前，不需出門，就可找到大陸論文。學校租的是「中國期刊全文資料庫」，收錄一九九四年之後的期刊。二〇〇二年之後的大陸文史哲論文，可以免費下載全文PDF檔，彈指之間，整篇論文就存到硬碟了。二〇〇二年之前的論文就沒辦法下載，還是有點麻煩。

後來在網路搜尋，發現大陸有「中國論文下載中心」，可以下載大陸論文。最近又發現有個「維普資訊網」收錄很多大陸論文，要註冊登錄，花錢充值（台灣叫儲值，和買點數一樣）之後，才能下載論文。本來以為很麻煩，懶得註冊充值，後來有幾篇論文要下載，只好勉強註冊充值。沒想到竟然出乎意料之外的簡單，用台灣信用卡就可充值，然後就可直接下載需要的論文。電腦真是搜集資料的利器，太方便了。

（九十七年九月十五日）

CNKI

最近在寫篇和《尚書》有關的論文。要寫論文，先到國立臺中圖書館用四庫全書電子檔，找古書資料；再來是搜集現代學者寫的論文，做為參考。

學校圖書館的電子期刊中，有三十三筆中文電子資料庫，內有「中文期刊全文資料庫」。其中文史哲專輯，可用年限是全文自二〇〇二年起，意思是二〇〇二年至二〇〇八年的論文，可以免費下載全文。

「中文期刊全文資料庫」連線範圍限制IP 163.17，如果無法連上「中文期刊全文資料庫」，就必須要改IP。

連過去才發現是「中國期刊全文數據庫」，CNKI系列數據庫之一。大陸有幾個論文資料庫，最大的就是CNKI，號稱全球最大資料庫，裡面都是中國大陸學者寫的論文。連過去看到的是繁體字。在首頁左下方列出主管部門：國家教育部。主辦：清華大學。

使用方法很簡單，很快就能上手。而且，可以直接在網路上下載檔案，比國家圖書館還要方便，還要進步。當我們在國家圖書館找到論文後，必須用遠距圖書服務，將論文傳真或郵寄到家，非常麻煩。

CNKI真是方便，按滑鼠就可下載。沒想到找大陸論文比找台灣論文，還要容易。雖然台灣的CEPS思博網中文電子期刊服務，也可以直接下載論文，但CEPS收集的論文較少。下面是CNKI使用方法：

一、檢索項，選主題。檢索詞，輸入關鍵詞。然後按檢索，查詢的資料，就出現了。可檢索一九九四年到二〇〇八年期刊論文。會顯示共有紀錄〇〇條，並按照序號、篇名、作者、刊名、年期，列表於下。

二、按篇名，打開新視窗。出現「推薦下載閱讀CAJ格式全文、推薦下載閱讀PDF格式全文」。我都下載PDF格式全文。如果下載後，無法閱讀，PDF就必須加裝簡體字字型。網頁下面會出現許多【相似文獻】，二〇〇二年之後的論文，都可免費下載。【相似文獻】相當有用，可惜國家圖書館沒這服務。

三、按「推薦下載閱讀PDF格式全文」後，出現新視窗，有開啟、儲存、取消三選項，按儲存，就可將論文下載到電腦。有時檔名會變成亂碼，下載後要改檔名。有時會出現「對不起，您沒有該產品的使用權限」，這通常是二〇〇二年之前論文，不能下載。二〇〇二年至二〇〇八年論文，偶而也會出現這訊息，原因不明。

整個過程就結束了，使用實在很簡單。唯一的問題，就是二〇〇二年之前的論文，要如何下載。找來找去，在右下角發現了台灣代理商「金珊資訊有限公司」的地址、電話。我打電話去問，「金珊資訊有限公司」承辦人員要我匯錢到該公司帳號，收到錢後就幫我儲值。儲值之後，就可連到http://www.

cnki.net，登入用戶名、密碼，就可照頁數，付費下載。（CNKI網頁左上角有充值中心，但無法用台灣信用卡直接儲值，維普資訊網可以直接用台灣信用卡儲值。）

（九十七年九月廿八日）

略談通識教育

這幾年，很多學者重視通識教育，主張大學教育中必須有通識教育，這是為了解決大學教育偏重專業教育的流弊。而所謂的通識教育，有很多不同定義。有謂通識教育即「全人教育」者；有謂「博雅教育」者；有謂「通才教育」者。也有人喊出：「先做文化人，再做專業人」，要以做文化人為先。

這些說法都是正確的。通識教育，本來就可以包含多個層次的理念。但再深入探討這些觀念，卻發現都來自西方，忽略了中國傳統教育。也就是說，和幾千年的傳統教育理念沒有完全銜接，和傳統學風也不吻合。

幾千年的傳統教育，是種「士」的教育，也是種通識教育。「士」的教育，重視的是文化涵養、品德教育，追求道、真理，而不是專業知識。所謂「一事不知，儒者之恥」，表明了「士」的教育範圍之廣。另外，還重視道德哲學，更加深「士」的教育深度。

今日之通識教育，應該結合中、西的通識觀念。除了西方的「全人教育」，還要加上傳統「士」的教育，要重視教育的深和廣。廣，正針對專業教育的狹；深，正針對專業教育的淺。

基於以上理念，通識教育是結合古、今、中、外的教育。開設的課程包含了深和廣，應該包括了所有「人」的知識，不分文、史、哲，不分科技或人文。如此，才能培養出適合社會需求的學生，不只是適應今日社會，也要能適應未來社會。同時也要教導學生終身學習的觀念，讓學生能活到老、學到老。另外，學生還要有廣闊胸襟，不能目光如豆、如鼠，要能有縱觀古今的歷史意識。

通識課程，應分成兩部分。一是固定的，每個學生都應該要修的，如社會科學概論之類。另一部分，則依通識教育老師專長開課，由學生自由選修。這樣課程才能多采多姿，既深且廣，涵蓋各部分。

另外，社會變遷，通識課程應隨時代改變，有很多發展空間。比如全球化方面，本校已經開了全球化與兩岸關係，還要開認識全球化。本土的如客家文化、原住民文化、南島文化；外國的如：美國文化、歐洲文化、佛教文化、基督教文化、伊斯蘭教文化。另外，趨勢研究、未來學、知識經濟或是文化創意產業，都可開課。

（九十五年七月九日）

關於通識教育

中國傳統教育，是「士」的教育，六藝並重，兼顧品德與學識，重視文化素養。在這種教育之下，曾培養出一些百科全書式學者，有極廣博的學識。時代不斷進步，在知識爆炸的今日，每人所擁有的知識，都極為有限，當然不可能再出現百科全書式的學者。

在今天這時代，學術分工極為重要，專業知識當然也相當重要。透過分工，才能深入研究學術，有學術創見。而且，就實用角度言，專業知識往往成為謀生工具，更是學生不可或缺的。

然而，只有專業知識，是否就已足夠？沒有基本的通識素養、文化素養，過早進入專業領域，常會製造出除了專業，一無所知的專家，這是種缺憾，對個人、社會皆有不利影響。專業和通識之間，應有某種程度的平衡。

所謂「先做文化人，再做專業人」，通識素養、廣博的知識，正如金字塔的底座。有了寬廣的底座，才能堆砌出刺破藍天的頂尖。兼懂通識與專業，才是完整的學習，將是可長可久的終身學習。

再說，專業知識，尤其是科學知識，往往是中立的，無善無惡。善人用之則為善，惡人用之則為惡。在這種狀況下，個人的品德修養非常重要。而專業知識卻無法提供品德的陶冶，必須要靠通識教育。兼顧品德與專業，才算是受過完整教育，不然可能成為擁有知識的野蠻人。

今天，各地區都面臨相同問題，人口集中都市，交通擁擠，自然資源被破壞。尤其，值得重視的是，各地區人民生活型態、思考方式，愈來愈類似，出現同化現象。強勢文化往往變成流行文化，被人崇拜、模仿，弱勢文化被淘汰，面臨出局命運。在這種情形下，學生應該特別重視本國文化，深入瞭解本土文化，知道本國文化之優點，才不會成為無根、失落的一代。

另外，透過網際網路、衛星轉播，距離逐漸失去意義，天涯若比鄰，慢慢形成了麥克魯漢說的「地球村」（global village），每個人都是「地球村」村民，和其他六十多億人，共用一個地球。既然如此，村民之間的互相瞭解、認識、溝通、信任，成為重大課題。就這角度言，學生除了對本國文化有相當認識外，也要有宏觀視野、全球視野，知道自己是「地球村」村民，能容忍、欣賞他族文化，能學習、吸收他族文化精華，並和本國文化融合。不只是優質的現代公民，也是優質的世界公民。

（九十五年十月八日）

由你玩四年

有人開玩笑，把university翻譯成「由你玩四年」。這本來只是開玩笑的話，而有些處在考試壓力下的高中、職學生，竟然信以為真，以為讀大學真的是「由你玩四年」，對大學生活充滿幻想。

政府花了大筆納稅人的錢，買了地，蓋了校舍，買了圖書、儀器，請了老師，設立了大學，難道是讓學生來玩四年的嗎？先不要唱高調，說什麼大學是研究的地方，最起碼大學總是個讀書、學習的地方吧！既然要讀書、學習，當然要態度認真，努力不懈，才能有所收穫，而不是玩四年。

大一學生剛考進大學，最容易犯的毛病，就是對大學認識不清，充滿幻想。其次就是有太多自由，不知如何是好。從小學開始，每天都在老師耳提面命下過日子，一進大學，發現沒老師管了，一切要自己安排，往往手足無措。

考試壓力減輕了，有了空閒時間與自由，要如何安排生活呢？主要還是靠自己。除了認真上課、認真做筆記外，每天要固定讀點書，吸收新知，以讀書、學習為生活重心。最怕的是，有些學生擁有太多自由，沒有壓力之後，就開始玩樂、混日子。翹課不上課，或上課聊天、睡覺，跟本無心讀書。心放出去，心野了，很容易，但要把心收回來，可是困難重重。結果就是功課被當，要重修，嚴重的甚至被退學。

讀大學生活要調整，心態也要調整。從小學到高中畢業，老師逼著讀書，其實是不對的。為什麼呢？讀書本來就是自己的事，想讀書追求真理知識，是自己的事，不想讀書，也是自己的事。讀不讀書和老師無關，和父母無關，和同學、朋友也無關，只和自己有關。學習要靠自己，老師只能引進門而已。

真心想讀書，大學是最適合讀書的地方，是最適合讀書的時間。對想讀書的學生而言，大學簡直就是天堂。不想讀書、討厭讀書的學生，根本不應該讀大學，來大學是走錯地方。對不想讀書的學生來說，大學簡直就是地獄。

人的一生當中，大學之前，是被迫讀書；大學畢業就業之後，工作忙碌、疲憊，沒時間、沒心情讀書。唯一能自由自在讀書的，就是大學時候。不知善用大學生涯，不認真讀書的人，將來必然後悔莫及。

（九十五年一月八日）

人與天

荀子在〈解蔽篇〉中曾說：「莊子蔽於天而不知人。」這句話我的理解是，莊子從天的角度，來看萬事萬物，而不知從人的角度來看。

什麼是人的角度呢？其實，我們看事情時，不知不覺就用了人的角度，造成許多相對的觀念，如高低、冷熱、大小、美醜、貧富、貴賤……等等。

舉幾個例子來說明。比如我們說這大廈很高時，我們是以自己身高做標準。我們真正的意思是，以人的身高來說，這大廈很高。如果來了隻恐龍，就不會覺得這大廈很高。高低觀念，是以人的身高為標準。

同樣的，當我們說冷暖時，也是以人的體溫為標準。冬天北風怒吼，我們說很冷。如果找隻北極熊來，牠可能悠遊自在，一點也不覺得冷。

再說大小。五十坪的房子，我們就覺得很大，這也是以我們身體大小去衡量。如果來隻大象，牠就會覺得空間狹小，根本進不來，不能住。

美醜呢？當我們說：「這女孩很美」的時候，也是以人的角度去看。中國小姐選美冠軍，找隻公猴來看看，牠一定拼命搖頭，說：「醜死了！還沒我家母猴美。」

再看看富貴功名。我們說：「比爾蓋茲很有錢。」這是以我們擁有的財富去衡量，當然比爾蓋茲是大富豪。我們說美國總統權力很大，也是以我們擁有的權力去衡量，美國總統是全球權力最大的人。這些相對的觀念，都是從人的角度去看。

如果我們換個角度，從天的角度，或者說從上帝的角度來看事情，那就迴然不同了。整個地球，也不過是宇宙中的一顆小星球。大海，在上帝看來也不過是小水池，高山和丘陵差不多。比爾蓋茲並沒有擁有全地球的財富，就算他擁有全地球的財富，而上帝擁有整個宇宙，以上帝來看，比爾蓋茲和乞丐差不多。至於權力更不必談了。美國總統並不是地球總統，就算他是地球總統，以上帝來看，也是微不足道的人。從這些敘述，可以知道角度轉換，對事情看法就會全然不同。

當我們從天的角度看事情時，我們的視野、胸襟都會更為擴大，更為曠達、達觀，對於一些世俗瑣事、功名富貴也就不在乎。我認為莊子從天的角度看事情，才能真正的解脫，逍遙自在。

那為何說不知人呢？從天的角度來看事情，固然可以超越人的角度，有新的看法。但話又說回來了，我們畢竟是人，不是上帝。如果只是從天的角度看事情，忽略或忘了人的角度，那就只知天不知人，也就是蔽於天了。不過所有思想家，必然是有所見，才能成一家言。但有所見，也必然會有所蔽，或許這是思想家的宿命。

（九十五年四月九日）

許多世界

每天從家裡到學校，要騎機車三十分鐘。路上車多，不能騎太快，要依一定速度行駛。身子在機車上，腦子倒是可以放空，天馬行空的胡思亂想。許多東西，都是在路上想出來的。我隨身帶著錄音筆，車子停下來，等紅綠燈時，就趕快拿出錄音筆，錄下想法。

有天，正在胡思亂想時，突然想到最近我都在研究神話，彷彿活在神話世界。又想到雖然只有一個地球，卻可以有許多世界，每個人似乎都活在自己的世界。活在自己世界，並不是逃避，而是種超越，掙脫平凡的現實世界。

以前看《小王子》，不知道為何有些星球上，只有一個人。後來才發現應該是，每個人都活在自己的世界，一個星球，就是一個世界。許多星球，代表著許多世界。

有那些世界呢？我姑且舉出幾個世界。比如宗教世界、文學世界、戲劇世界。不少人沉迷在宗教世界中，有些甚至出家。他們有他們的信仰，他們的儀式，他們的觀念，一心一意修行，想成佛成仙，和現實世界距離很遠。他們活在自己世界，可以不必理會現實世界。

很多人都沉迷過文學世界，尤其是武俠小說的世界。在那世界裡，現實社會中被欺負的人，如女人、小孩、老人、殘障、文弱書生，都變成強者。現實社會難以伸張的正義，在武俠世界中，有大俠打抱不平，仗義相助。記得小時候，沉迷在武俠世界中時，真是茶不思，飯不想，媽媽叫吃飯，都要三叫四叫，還是捨不得放下書。那個世界真是吸引人，是完美無瑕的，可惜只存在想像中。後來，年紀大了，塵緣纏身，很難再有那種體驗。

戲劇世界更吸引人，許多人都喜歡看戲、看電影。在那幾小時中，彷彿就活在戲劇中的世界，隨著劇情，或悲或喜，或緊張，或興奮，可以暫時忘記現實世界，活在戲劇世界中。從小到大，我不知道看過多少電影，坐在漆黑的戲院中，被漆黑包圍，反而有種安全感。

也曾經想過個問題。我生活的世界，如此平凡，其他人又如何？是否活在不平凡的世界裡？生活是否多彩多姿？後來問了些人，發現即使是住在紐約附近的企業家，也只是活在自己的世界，很多事不懂，也不會去接觸。紐約有很多演藝場所、博物館，住在紐約的人應該會常去這些場所，其實不然。又如新聞記者每天採訪新聞，會接觸很多不同的人，應該生活刺激。實際上，新聞記者也只是活在自己世界，圈子也很小。

一個地球，許多世界。同樣生活在現實世界中，卻可以超越平凡的現實，活在唯我獨尊的另一個世界，也未嘗不好。但不可只活在自己世界，封閉自己，忘了現實世界。

（九十六年十月七日）

人造世界

問個問題：誰最晚發現水的存在？答案應該是魚。旁觀者看到，魚在水裡游來游去，魚反而無法發現水的存在。

同樣的狀況，人也很難發現自己生活在什麼樣的世界。但仔細想想，就會發現，現代人幾乎都是生活在人造世界。

假如你正在上班，請抬頭往上望，你會看到天花板，是人造的；你低頭往下看，會看到地板，也是人造的；往右看，你可能會看到牆壁，是人造的；往左看，或許有個窗戶，可以看到別棟大樓，那也是人造的。

再看看室內，你的桌子，桌上的文具、杯子，坐的椅子，手上的筆，或是正在看的文件，也都是人造的。而你穿的衣服，打的領帶，戴的眼鏡、手錶，腳上的鞋子，那件不是人造的呢？

走到室外，腳底的柏油馬路，馬路上疾馳的車子，馬路兩旁的大廈，也都是人造的。在城市裡，大概只有天空，不是人造的。

由這些周圍的東西，可以發現，我們確實是生活在人造世界。而且更糟糕的是，這個人造世界裡的所有東西，都不是我們造的。如果你不相信，可以環視你的四周，看看那件東西是你製造的。你可以舉出幾件，自己製造的東西嗎？

人造世界和自然世界相比，那個世界比較美好？當然是自然世界比較美好，而人造世界是醜陋的。就線條、形狀而言，人造世界大都是些直線、圓形、三角形、四方形等幾何圖形。而自然界的線條、形狀，就變化無端，千奇百怪。去看看海岸，去看看雪花，去看看落葉，去看看流水，還有高山、石頭，真是各種線條、形狀都有，不是人能造出來的。

再比比看顏色，大自然的顏色，真是五彩繽紛，賞心悅目；人造世界的顏色，極為有限，醜惡單調。如果你不相信，那下次坐火車時，不妨看看窗外的建築物，幾乎是灰濛濛一片。

再比比看質料、比比看整個氛圍，自然世界都遠遠超過人造世界。難怪西方人說：「上帝創造了鄉村，人類創造了城鎮。」鄉村是自然世界，城市是人造世界。一個是美好的，一個是醜陋的，我們應該常常親近美好的自然世界，儘量遠離人造世界。

（九十五年三月廿六日）

換個角度

看事情角度不是唯一的，角度不同，看到的東西就不一樣。我們要加強訓練自己，從不同角度看事情，並且養成多角度看事情的習慣，不要鑽牛角尖，不要執著。

從前有兩位武士，一位從東來，一位從西來，到了城鎮。城鎮的中間，有張豎著的盾牌。甲武士說：「盾牌是銀的。」乙武士說：「盾牌是金的。」雙方爭執，拔劍決鬥。當雙方受傷倒地時，一個向西，一個向東，這才發現盾牌一面是銀的，一面是金的。角度不同，看到的東西就不同。

同一件事情，悲觀的人和樂觀的人，反應不一樣。桌上有半杯水，悲觀的人說：「唉！只剩半杯水。」樂觀的人說：「真好！還有半杯水。」這也是角度不同。

鞋公司派兩位業務員去非洲。一位業務員打電報回來：「非洲人不穿鞋，沒市場。」另一位業務員打電報回來：「非洲人不穿鞋，發現廣大市場。」同樣不穿鞋，一位絕望，一位發現藍海。

為何會想到角度問題？主要是最近有位本校剛畢業的學生，有歌唱才華，小有名氣，失戀燒炭自殺，死時才廿四歲。這便是鑽牛角尖，不知道要從不同角度看事情。試問戀愛一定會成功嗎？誰又沒嚐過失戀滋味？失戀就是絕望嗎？即使絕望也要活下去。

我們要教導學生，常從不同角度看事情。有時，我會指著講桌問學生：「你們看到的桌子是空的嗎？」從學生角度看，當然不是空的。可是從我的角度看，桌子確實是空的。同一張桌子，從正面看，從側面看，從上往下看，從講台看，看到的都不一樣，都是桌子的一部分。說空沒錯，說不空也沒錯，只不過是角度不同。

桌子的面不多，如果是鑽石呢？最好的鑽石可是有一〇八面，每面都不一樣，有一〇八個角度。當然，我們看事情，不需要那麼多角度，但千萬不要只從一個角度看事情。

很多事，我們無法改變，但我們可換個角度，改變心態。從前有位老太太，有兩個兒子，大兒子賣雨傘，小兒子曬米粉。老太太整天愁容滿面，晴天擔憂大兒子傘賣不掉，雨天擔憂小兒子無法曬米粉。後來經人開導，老太太整天笑嘻嘻了。大兒子、小兒子改行不容易，老太太也無法控制天氣。她只不過轉了個念頭，晴天替小兒子高興，雨天替大兒子高興。

如果問我，上面說的道理對不對？從我的角度來看，當然是對的。但從你的角度看，對不對，就要你自己決定了。

（九十七年十一月廿四日）

君子與小人

整本《論語》，談的就是君子與小人，孔子似乎很重視君子與小人問題。幾千年來，物質世界有很大變化，但人始終沒什麼大變化。以前有君子、小人，現在有君子小人，未來也會有君子、小人。

要如何分辨君子、小人呢？談到這問題，或許可以從反面來看，那些是和君子、小人無關的？我們不能根據這些事物，來辨別君子、小人。

首先，從外表無法辨別君子、小人。長的高的是君子，矮的是小人，這對嗎？英俊的是君子，醜的是小人，這對嗎？身材標準的是君子，胖的、瘦的是小人，這對嗎？

再從衣、食、住、行、育、樂來看。穿西裝打領帶，全身名牌的是君子，穿汗衫的是小人嗎？吃西餐的是君子，吃路邊攤的是小人嗎？住豪宅的是君子，住公寓的是小人嗎？開賓士的是君子，騎腳踏車的是小人嗎？受過高等教育，有博士學位的是君子，小學畢業的是小人嗎？打高爾夫球的是君子，打籃球的是小人嗎？

富翁是君子，窮光蛋是小人，對嗎？做大官的是君子，小職員是小人，對嗎？有知識的是君子，沒讀書的是小人，對嗎？口若懸河，出口成章的是君子，木訥寡言的是小人，對嗎？精明能幹的是君子，呆呆笨笨的是小人，對嗎？不抽煙喝酒的是君子，抽煙喝酒的是小人，對嗎？

從上面所講的這麼多事中，都無法辨別誰是君子，誰是小人。當我們看到一個又醜、又矮、又窮、又不會穿衣服、又沒錢、住的又差、知識不足的人，能斷定他是君子還是小人嗎？反過來說，我們看到又高大、又英俊、穿著名牌、口才好、有學問、住高級住宅、有很多財富的人，我們也無法根據這些，判定他是君子或小人。

君子小人的區別是內在的、精神的，和這些外在的東西，一點關係都沒有。只憑外在的東西，無法判定這人是君子還是小人。看來要判定君子、小人，還真是困難重重。

其實，《論語》中已經告訴我們一個很簡單的標準，那就是「君子喻於義，小人喻於利」。義利之別，剛開始只差一點點，可是到後來就相差很大。就像喜馬拉雅山上一滴雨，偏東一點，可能就流入太平洋；偏西一點，就可能流入印度洋。所謂差之毫釐，失之千里。只不過起心動念的一點不同，就會決定是君子或是小人。

（九十六年十二月九日）

百分之一

人的一生能讀幾本書？人的一生又能擁有多少知識？答案很簡單。不管多麼努力讀書，我們一輩子讀的書，不可能超過人類所有書籍的百分之一；不管多麼博學，我們所擁有的知識，不可能超過人類所有知識的百分之一。

換言之，百分之九十九的書，我們都沒讀過；百分之九十九的知識，我們都不知道。難怪美國傳播評論人威爾・羅吉斯說：「我們都無知，只不過是對不同的事無知。」

再進一步探討，我們就會發現要讀百分之一的書，也是困難重重。就一般人而言，持續一天讀一本書實在很不容易。假設我們真的能一天讀一本書，那一年也不過讀三六五本書。

目前，台灣一年約出版四萬多種書，如果一天讀一本，那我們差不多能讀台灣出版書的百分之一。可是除了台灣出版的中文書外，還有大陸的簡體字書，香港出的中文書，目前海峽兩岸三地華文出版品，每年約有十四萬冊。除此之外，還有英文、德文、法文、日文、俄文、西班牙文等各國文字出的書。

有位學者在演講中提到，目前全球每一天大概有一千種書出版。如果一天能讀一本書，那我們能讀的書，不過是全球出版總量的千分之一，千分之九百九十九的書，我們都不可能讀。除了書之外，還有報紙、雜誌、網路上大量資料，更是怎麼也看不完。

所以從知識角度來看，我們不管有多博學，擁有的知識恐怕不到人類全部知識的千分之一。日本經營之神松下幸之助曾說：「世間的事，百分之九十九，我都不懂。」言外之意，他只懂百分之一，一般人都認為松下幸之助謙虛。其實，如果他說的是知識，那他是在吹牛，在現在這時代，沒有任何人能懂人類全部知識的百分之一。

那麼，在這知識爆炸的時代，我們應如何自處呢？首先，我們必須瞭解現況，知道我們能讀的書是如此之少，不可能讀的書是如此之多。再進一步，我們要能謙虛，承認我們的無知，不可自滿。最後，我們要有終身學習的觀念，努力讀書，不斷的吸收新知。或許我們無法讀千分之一的書，但只要我們讀的書比別人多，那或許就能擁有比較大的力量。

（九十五年一月十五日）

知識不足

知識不足，指的是欠缺某種知識。比如學理工的欠缺人文藝術知識，學人文的欠缺自然科學知識，大部分人欠缺營養知識、醫學知識。造成這種知識偏食現象，一方面是知識量的影響，另一方面是教育制度的缺失，社會風氣也有關係。

就知識的量而言，每個人有一雙眼睛，一對耳朵，一天只有廿四小時，所能吸收知識的量是有限的。而目前知識的量，遠比知識爆炸還要恐怖。據某些專家估計，一天之內，全世界出版的書，約有一千種。知識的範圍，比書還大，很多知識並不在書裡。姑且以書來說，一個人持續一天讀一本書就很困難，就算能一天讀一本，也不過讀完一天出版量的千分之一，千分之九百九十九的書都不可能讀。外文的書，有文字障礙，更是不可能全讀。換句話說，我們擁有的知識，大概不到人類全部知識的千分之一，這是現代人的宿命。

這有限的知識中，我們一定會擁有專業知識，因為謀生需要專業知識，學校裡教的、學的大都是專業知識。除專業知識外，我們也需要別的知識，比如營養知識、醫學知識、理財知識、婚姻家庭知識。奇怪的是，這些重要的知識，生活上要用到的知識，學校都不教，大部分人都欠缺這些重要知識。

欠缺營養知識，花了錢，卻吃進不營養、低營養的東西，不只影響身體健康，甚至病從口入，生了各種疾病。有些病，如高血壓、糖尿病，可能會引起併發症，威脅生命。其實這方面書籍很多，網路上資料很多，只要有興趣，可以自行搜集、研究，控制飲食，不要吃高熱量的垃圾食品。

很多疾病，及時發現，治療、控制比較容易。而且幾乎所有疾病，事前都有些徵兆，可惜的是大部分人醫學知識不足，不注意徵兆，等發現疾病時，已經很嚴重了。當然我們不需要像醫生一樣，有醫學專業知識，但一般的醫學知識，總要知道一點。現代人往往是等到生了某種疾病，才開始尋找資料，已經晚了。有了足夠的營養、醫療知識，才能確保身體健康。

另外，欠缺知識的原因，是台灣的教育制度，並不注重完整的學習。從高中開始，就已經分科。自然組的，沒機會或不注重人文藝術；社會組的，沒機會或不注重自然科學。到了大學，分科更明顯，各科系之間，幾乎沒有橫向交流。學生除了上點通識教育課外，很少有機會接觸其他學科知識，因而不瞭解或輕視其他學科知識。

社會風氣並不鼓勵擁有完整知識，認為只要有專業知識，能勝任工作，賺錢謀生，就夠了。至於，填飽肚子之後，應該有那些精神、心靈活動，是否該充實其他知識，是現代分工社會避而不談的。這種風氣之下，造成一般社會人仕，只注重專業知識，輕忽其他知識。很多人知識領域極為狹小，除了專業書之外，其他書沒興趣，一律不讀，嚴重知識偏食，變成知識工人。

（九十六年八月五日）

立志貪污？

我的學生，都在十八歲左右。每次開學教新班時，我常會問個問題：「你們當中，有沒有人立志將來貪污？有沒有人立志將來坐牢？或是立志把公司弄垮？有的請舉手。」學生一聽，都笑了，當然沒人舉手。

我再問：「你們現在痛恨的貪官污吏，當他們十八歲時，如果有老師問他們同樣問題，他們會不會舉手。」學生都搖頭，認為也不會舉手。

那就有個很有趣的問題，既然十八歲時，都沒人立志貪污、坐牢、把公司弄垮。那為何進入社會後，年紀大一點，有了點權力，便貪贓枉法，成為人人痛恨的貪官污吏，是何原因造成的？

接著我就解釋，年輕人都充滿了正義感、理想，就像個方方正正的四方形。可是社會是個大染缸，年輕人進入社會後，就會受到社會影響，身上難免沾上些五顏六色。慢慢出現了外圓內方、外圓內圓，甚至是外方內圓三種狀況，仍然能方方正正，外方內方的人不多。外圓內圓、外方內圓的人，都可能會貪污。

我又問了個假設的問題：如果你畢業之後，通過高、普考，進入政府機關，當個公務員，正好被分發到審查建照單位，有一天建商來找你。

建商說了：「最近我在某山坡地，要蓋一批高級別墅。不過，水土保持有點問題，拜託通融一下，蓋個章，讓這建案通過，一定重禮答謝。」「你蓋不蓋章？」同學都搖頭。

建商又說：「這樣好了，我們商量一下。我給你一百萬，沒人知道，拜託蓋個章。」「蓋不蓋章？」同學還是搖頭。

建商還是不死心，又說：「一千萬，一千萬如何？都是現鈔，檢調絕對查不出來。」搖頭同學似乎少了點，畢竟對十八歲學生來說，一千萬不是筆小數目。

建商終於攤牌了：「老實說，這次我自己投資再加上銀行的聯貸，一共是一百億。地都整好了，藍圖畫好了，工人請了，建材也買了，是非蓋不可。這樣吧！這次預定的宣傳經費是十億，我給你一億，存在瑞士銀行，你隨時可提取，你不必再上班，可以享福去了。如何？」還是有同學搖頭。

我下結論了：「並不是每個人都可被金錢收買。君子愛財，取之有道。非法的錢、不該拿的錢，不管數目多少，都不能拿。同學如果對一億都能不動心，當然不會去貪那幾萬、幾十萬。」我停頓了一下，再問同學：「你們是否能在十八歲時，就發誓這一輩子不拿不該拿的錢？」同學低下頭來，若有所悟。

或許因我這番話，將來社會上會少了個貪污的人，少了些因貪污受害的人，那就功德無量。

（九十五年十月十五日）

船夫的故事

我很喜歡講這個故事，幾乎年年上課必講。故事和船夫、金錢、品德、信任有關。有時，我們難免會對人性失望，事實上這世界還是好人多，壞人少。真正殺過人、放過火、偷搶的，畢竟是少數人。

故事的開頭，有兩個人出現，一個是有錢的大商人，一個是擺渡為生的窮船夫。地點不重要，可以是任何河流旁邊，時間則是接近現代。

某天，天快黑了，船夫停止擺渡，船靠岸要休息了。這時匆匆來了個中年人，叫道：「船老大啊！我有急事，要馬上過河，拜託！拜託！帶我過河。」船老大說話了：「客倌！晚上水流急，視線不明，很危險，晚上不能過河。」

客人說「拜託！拜託！我和人約好了，有重要事要談，今晚非過河不可。這樣吧！我出雙倍的錢，麻煩你冒個險，帶我過河。」

終於，船夫和客人上了船，慢慢往對岸撐去。誰知道天不從人願，船到河中心，黑漆漆一片，四下無人。突然之間，客人心臟病發作了，真是人有旦夕禍福，誰也不能預知。

眼看著已經無救了，只剩最後一口氣。客人對船夫說：「我不行了。死前有件事拜託你，我從幾千里外來的，要去買批貨，身上帶了大批銀票，這是我全部家當。我希望我死後，你能把我身上銀票，帶到我家裡，交給我兒子。」客人說了家中地址，頭一歪，就往生了。

人死了，嘴角還殘留一絲苦笑。這客人是個大商人，對人性有某種程度瞭解。他的想法是，船夫是窮人，工作辛苦，收入微薄，又是半夜在江上，船夫把銀票收了，人往水裡一丟，一輩子不必工作了，吃喝不盡，他根本不相信船夫會把銀票帶給他兒子。

誰知道這世界上，還真是有老老實實的人。船夫把客人後事辦了，也不擺渡了，帶著客人骨灰、銀票，不遠千里，長途跋涉，終於找到客人家。

客人兒子聽到爸爸死訊，痛哭了一場。當船夫拿出銀票時，兒子幾乎不敢置信，天下竟然有這種不貪財的人。兒子問清船夫狀況，就說：「你留在我這工作吧！我正好缺個管錢的人。」從此之後，客人兒子對這船夫百分之百信任。

這兒子正好是難得一見的商業奇才，憑著這筆資金，生意愈做愈大。幾年後，竟然成了跨國公司，分公司遍布世界各地。水漲船高，船夫一直高升，做到財務長，總管公司全部財務。老闆對船夫，言聽計從，完全信任。後來船夫老了、死了，老闆繼續重用船夫兒子，對船夫兒子同樣完全信任。

倪匡寫的小說很多，我幾乎每本都看過，這個故事就是在倪匡小說中看到的，但已記不清是那一本了。這世界上有很多的有錢人，需要百分之百可靠的人，來處理他的財務。如果你是個忠誠可信、百分之百可靠的人，還怕沒工作嗎？

（九十五年十月廿二日）

不損德

古人說：「一命、二運、三風水、四積陰德、五讀書。」這五件事，會影響人的一生。前三項，我們無法控制；後二項，操之在己。其中最容易的，應該是讀書。多讀點書，知識增廣，不只變化氣質，也會改變人生。

積德一事也很重要，但並不容易做到。想積德，一是要有錢，二是要有時間，還要有機會。我一直有個想法，積極的當然是努力幫助別人，累積功德；消極的能做到不損德，也可算是種積德。

所謂不損德，就是即使不能幫助別人，最起碼也要處處留心別人，言行舉止都不要妨礙別人，不增添別人麻煩，也就是要多替別人著想。明朝呂坤在《呻吟語》一書中，提到「肯替別人想，是第一等學問」（卷三）。「肯替別人想」這五個字，說起來容易，做起來可難了。

姑且從日常生活中，舉幾個例子。比如開車、騎車，遵守交通規則，不超速，不闖紅燈，不酒後駕車，自己安全，別人也安全。又如停車時，把車停好，不擋住別人車子。又如在公共場所，小聲說話，動作文雅有禮，不粗魯。夜深了，電視關小聲一點，不妨礙鄰居安眠。這些都是肯替別人想，也就是不損德。

當然負面的例子也很多。有些人開著進口名貴轎車，吃完東西，搖下車窗，將垃圾丟到馬路上。更誇張的是，有次去郊外玩，竟然看到有人在河床上烤完肉後，烤肉架、木炭、吃剩的肉、水果，丟在河床上不管，人就走掉了。一下雨，河水往下流，這些垃圾可能就會阻塞河道，引起水災。這些事損人不利己，都是不替別人想，損德之事。

積德、損德，會不會替別人想，和年齡、性別無關，只和個人品德有關。有天晚上我外出散步，正走著，看到前面有位騎腳踏車老先生，突然停下車。我本來以為他東西掉了，下車撿東西。不料他將車停在路邊後，竟然走到路中央，撿起塊石頭，丟到路邊。原來是他看到路中央有塊石頭，怕別人壓到石頭受傷，下車把石頭丟到路邊。這就是肯替別人想，算是積德。

有些人總是怪自己運氣差、命不好，常遇到挫折，事事不順利。固然人生不如意事，十之八九；如意事，只有十之一二。但或許也該反省一下，自己是否曾積德，或是否曾做了損德之事。很多事，自作自受，不必等到來生，往往今生做，今生就有善、惡報。俗語說：「善有善報，惡有惡報。不是不報，時辰未到。」時辰到了，自有報應。

（九十五年十一月十二日）

快樂就好

你知道台灣有多少有錢人嗎？在國際上有錢人標準是有一百萬美元，大約三千萬台幣左右。以這個標準來看，台灣約有百分之三的人是有錢人，百分之九十七的人都沒三千萬財產，包含我以及所有我認識的人在內。

一般人學校畢業，開始工作，賺的錢大概夠糊口。另外還要辛苦存錢，買車子，買房子，付房屋貸款。除非是有祖先遺產，否則大部分人要靠自己辛苦賺錢。不結婚還好，一結婚有了孩子，還要花錢養孩子。除了少部分運氣特別好，或特別有才能的人，能賺大錢致富外，一般人一生當中，免不了常為錢而煩惱。至於想要有三千萬財產，變成百分之三的有錢人，幾乎是不可能的事。

台灣有成就的人有多少？有高知名度，甚至能名傳後世的人有多少？大概不會到百分之一，也就是說百分之九十九的人都庸庸碌碌，將來與草木同朽，不可能名傳後世。這種情形自古皆然。就算真的能名傳後世，能家喻戶曉的，也很有限。翻開史書看看，名字能載入史書，在當時必然是有成就的人。可是有很多人名字雖在史書上，卻沒人認識。就以歷代宰相來說，權傾一時，今天又有幾個人知道那些宰相名字。

離開學校認真工作，不犯大錯，二十多年後，四、五十歲時，文官大概可做到科長，武官大概可升到中校；如果在商場發展，或許可做個經理，然後就準備退休了。或許當上主管時，手上有點權力，但想要掌握大權，談何容易。說起知名度，大概只有些同事、部屬、親戚知道你名字，想要名傳當世就很困難，要名傳後世，名載史書，是不可能的。

從這些角度來看，似乎真的富貴在天，是由天意決定。不管你多麼努力，也不可能成為有錢的百分之三，有成就的百分之一。大部分的人，都屬於那百分之九十七、百分之九十九。

真正能體悟人生，看破人生，自然就不會去追求功名富貴。反正不管怎麼追求，都很難追求到，那還不如做些自己想做的事。安份守己，快快樂樂、平平穩穩過日子，就很幸福了。正如孔子說的：「富而可求也，雖執鞭之士，吾亦為之。如不可求，從吾所好。」（述而第七）。又：「富而可求也」，《史記》〈伯夷列傳〉作「富貴如可求」，包含「貴」在內。

（九十五年二月十九日）

完美

星期日，閒來無事，翻閱報紙。看到有一整版介紹MP3隨身聽，都是些最熱門、暢銷品牌。除了規格、價格外，還分別列出優點、缺點。仔細一看，每台MP3隨身聽都有優點，如音質好、價格便宜、功能齊全；但有都有缺點，如操作不易、價格昂貴、容量小。看來看去，竟然沒一個十全十美、完美無瑕的產品，總是或多或少有些缺失。

消費者在購買這類產品時，當然無法買到十全十美的產品，因為根本就沒有完美產品，我們無法買到不存在的產品。那只好根據自己需求，買適合自己的產品。否則，就是要再等下去，等比較完美的產品出現。

如果人製造的科技產品，都有缺點，那自然呢，是否完美？再推而廣之，人間的一切事物，是否能完美無缺呢？如果也都有缺失，那追求完美的人，註定會失望，我們只能生活在不完美的世界，容忍缺點。

小白兔很可愛，人見人愛。但養過兔子的知道，小白兔身上有股味道很難聞，這是兔子的缺點，不完美。

看過電視上播放的芭蕾舞嗎？動作、音樂都完美無缺。到現場一看，才發現有「咚！咚！」聲音。舞台地板是木製的，人的身體有重量，往上跳，落下來時，體重加速度，就成了「咚！咚！」聲，這也是不完美。

人身體又如何？西方人認為上帝造人，人體是完美的，西方繪畫很喜歡畫裸露的人體。去火車站等公共場所，看看人吧！走過面前的人，一百個人中，有幾位俊男？有幾位美女？俊男、美女本來就少。而人的身體，大多也是有缺陷的。或太胖、或太瘦、或太矮、或太高、或左右不平均、或腿長、或腿短，要找出個十全十美的人，幾乎找不到。

至於人的命運、遭遇，有十全十美的人生嗎？有個人做了很多善事，死後見閻羅王。閻羅王說：「你是大善人，現在要轉世投胎，由你自己選。」善人說：「我要生在富貴之家。爸爸做大官，媽媽賢淑。我一輩子平平安安，沒病痛，有很多錢，有名聲。老婆是大美女，賢慧。兒女孝順。」閻羅王一聽說：「有這種好事。乾脆你來做閻羅王，我投胎好了。」

既然註定世上事事物物都有缺點，那我們不要做完美主義者。追逐完美很痛苦，而且一定會失望的，容忍缺點，才是明智的。

（九十六年四月十五日）

百分之百正確

所謂百分之百正確，就是完全正確，沒有半點錯誤。實際上，人都不是聖賢，人是常犯錯的，誰敢保證自己的每一句話，每一個字，每篇文章，或每個觀念，都是百分之百正確的呢？

多年前，我還在讀小學時，學校裡只准講國語，不准講方言，一講方言就要罰錢。有些有口音的同學，常被取笑講「台灣國語」。發音正確、沒口音的就沾沾自喜，以為自己講的是「標準國語」。

多年後，大陸開放，許多人到大陸觀光旅遊，發現大陸的普通話（也就是台灣的國語），竟然在腔調上，和台灣的國語有很大的落差。那些自以為講「標準國語」的人，去大陸旅遊，竟也被恥笑。當年在台灣推行國語的大老，都是北京人，講一口京片子。沒想到，推行國語多年的結果，腔調竟然變了。

英語狀況也差不多。當你恥笑別人英語發音錯誤前，最好先確定自己發音是否百分之百正確。據我所知，以美語來說，有人認為應該以紐約市口音為標準。但真要以紐約市口音為標準的話，美國各地口音、腔調和紐約不同的，都是不標準的美語。那以美國而言，能說標準美語的人，就不多了。台灣能講一口紐約腔的又有幾人？有多少人能講「標準美語」？

以上是以語言為例，說明你以為是百分之百正確的，其實不一定是百分之百正確。再進一步探討，所謂「百分之百正確」，必須先有個標準，合乎標準是正確的，不合乎標準是錯誤的。問題是標準是誰定的？誰又有資格定標準？別人又為何要以你定的標準為標準？如果事事都要合乎標準，都要百分之百正確，那大概沒人敢說話、寫字、做事、思考了。

有些人聽到別人讀錯字、唸錯音，就會取笑別人。那是以何為標準來取笑人呢？往往是以字典為標準。那字典的字音，又是以何為根據？原來是以教育部的《國音標準彙編》為標準。那再問一句，《國音標準彙編》又是以何為根據？《國音標準彙編》似乎是以北京城中，受過中等教育的人口音為準。那問題就來了，字典中很多字，日常生活中根本用不到，北京人根本不說那些字。這些字發音又由何而來？聲韻學老師提過，有些字是從廣韻反切變化來的。那廣韻又是以何為根據？大概是依據切韻。那切韻呢？就是「我輩數人定則定矣」，幾個人就決定標準了，然後要大家都遵守這些標準。

另外，再舉個例子。比如：「吐蕃」的「蕃」字，台灣都讀成「番」，一般字典也讀成「番」，甚至教育部國語辭典，也讀成「番」。中國大陸研究藏語的專家，認為應該讀成「播」。最近，中國大陸的辭典，都將「吐蕃」的「蕃」字，讀成「播」。那台灣的讀法，字典上的音，都是錯的。

我並不是反對標準的存在，而是說有時標準就有問題。當我們發現別人、或以為別人犯錯時，不該取笑或指責別人，請對方改正就好了。畢竟我們也不敢確定自己是百分之百正確的，或許我們孤陋寡聞，說不定別人是正確的，我們才是錯誤的。

（九十五年十一月十九日）

時代變了

社會變化激烈，但有時身處其中，反而感覺不到社會變化。將時間拉長一點，比如以現在和二十年前、三十年前做比較，就可發現社會確實有很大的變化。

社會變化包括很多方面，以教育界而論，變化就很驚人。三十多年前，我進入中部某大學讀大一，當時系裡老師只有一位碩士，其餘都是大學畢業；現在系裡還是只有一位碩士，其餘都是博士，變化真大。

我讀大學時，有人在國外拿到博士，報紙上都會刊登祝賀廣告，認為在國外拿博士，光宗耀祖；現在已很久沒看到這類廣告。

現在倒是流行順口溜：「博士滿街走，碩士多如狗，大學生是流浪狗。」三十年前，大學錄取率約百分之三十，考上大學的學生少，考不上的多。也就是說，我這年齡的高中畢業生，只有百分之三十左右讀過大學，至於讀過碩士、博士的更少。現在幾乎所有的高中、職畢業生都可讀大學，沒讀大學的反而是少數。

至於畢業後找工作狀況也變了。以前拿到博士，可以進入大學任教；碩士可以進入專科學校教書。現在拿到碩士，能進高中教書就很不錯，有的碩士甚至教小學。博士要找大學教書很困難，熱門科系博士或許可進大學教書，冷門科系博士只能在技術學院教書。有的科系博士想進技術學院教書，不得其門而入。比如本校國文老師，最後一位是八十二年聘請的。從八十二年到九十六年，沒聘過新國文老師，就算是台大的文學博士，也無法進入本校任教。

以前找工作寄出履歷表，即使學校沒空缺，也可能會有回信。現在一般學校行政主管收到履歷表，往抽屜一丟，回都不回。主要原因是寄來的履歷表太多，回不勝回，乾脆通通不回。

升等方面，變化也大。以前博士進學校，就是副教授，幾年後可能升上教授。現在博士進來是助理教授，要先升副教授，才能升教授。

升等比以前困難很多。以前升等，只要有一篇主論文，就可送審。現在除了主論文，還要有在期刊發表的論文。有些科系甚至要有在SCI、SSCI期刊發表的論文。以前投稿期刊，只要水準差不多，都能刊登。現在期刊也比以前嚴，不合標準，就會退稿。教育部的升等送審規定，也嚴了很多。

目前，國立學校或許要求還低一點，私立學校要求很高，甚至有幾年條款。在幾年內沒升等或沒進修，老師就要降為職員。有的學校還要求每年要發表幾篇論文，或有幾件產學合作案。

整個趨勢，是競爭愈來愈激烈，要求愈來愈嚴。照目前趨勢看來，大概十五年左右，技術學院的老師，全部都是博士，碩士只能教高中。我們無法改變社會，只能設法瞭解社會變化，適應社會變化，迎頭趕上。

（九十六年二月四日）

體制化

前幾天看了部電視影片「刺激一九九五」，演的是監獄故事。一位年輕銀行家入獄了，罪名是殺了老婆和老婆情夫。他是被冤枉的，兇手另有其人。入獄後，剛開始他被欺負，後來他用專業知識，幫典獄長洗錢。同時，他花了二十年時間偷偷挖了條隧道，逃獄成功。後來典獄長東窗事發，舉槍自殺。

整部影片演得很好，其中有件事，特別引起我注意。監獄中，有位老囚犯，被關了很久，已經很老了。終於有一天，他假釋了，他雖不願出獄，還是被強迫出獄了。他被安置在中途之家，到超商工作。他不適應監獄外生活，上吊自殺。

當自殺消息傳回監獄時，囚犯議論紛紛，有位老囚犯就說了：「自殺的原因是他被體制化了。」意思是他在監獄太久，已經熟悉這體制，只能在這體制生存，離開這體制，就無法適應。

電影的結局是另一位老囚犯也被假釋了，也住在中途之家，安排在超商工作，他一樣無法適應。最後是他去找那位逃獄的銀行家，一起過日子，總算有個完美結局。

本來我並沒特別想到體制化問題。隔幾天上課，偶而提到我在學校的時間很久了。六歲入小學，到今年五十四足歲，已經有四十八年，中間只有兩年服預官役，四十六年的時間都在學校。前二十年讀書，後廿六年教書。

正在講這事時，突然想到這部影片，想到體制化。我在學校這麼久，是否也體制化了？當然學校和監獄不同，可以自由活動，但上課時一定要去上課。問題不在學校的活動模式，問題在時間，四十六年實在是很長的時間，幾乎是一輩子都在學校。

學校是我生活的地方，是我最熟悉的。四十六年的時間，都在學校中，難免會被體制化。讀書時，雖然讀過不同學校，但性質都差不多。教書後，一直都留在同一個學校，廿六年沒換過學校。

是的，我應該是被體制化、學校化了。離開學校，我無法做其他工作，無法生存。學校的圍牆，隔絕了和外界的接觸，我對社會所知不多。看來我只有兩個選擇，一是繼續留在學校教書，一是到適當時候退休，我已經不可能再去做其他工作了，這就是被體制化的後果。

如果要避免被體制化，唯一方法就是要不斷換工作，不要在一個地方停留太久。或許到處流浪的遊牧族，不會被體制化吧！

（九十七年四月六日）

日本書

大概是在讀研究所時，我開始接觸日本作品。當時有位同學喜歡芥川龍之介的書，受到他的影響，我去圖書館借了些芥川龍之介的書來看，也開始看些日本文學作品，並逐步擴大範圍，由文學作品，進而看其他類日本書。

多年累積下來，陸陸續續買了、借了不少日本書，看了不少日本書。我不懂日文，看的都是翻譯本。或許日本受到儒家思想影響，也是亞洲國家的關係，日文翻譯書並不難讀。日本較早接觸歐美文化，又是先進國家，透過日本書，可吸收許多新知識。

為了瞭解日本，我買了些介紹日本的書。如《中國人與日本人》、《菊花與劍》、《日本解剖》、《新日本人》、《日本與日本人》、《日本人的衰亡》、《醜陋的日本人》、《日本第一》。數一數，書架上就有八本介紹日本的書，為了節省篇幅，不列出作者。其中比較特殊的有《菊花與劍》，這是二次大戰時，美國女人類學家寫的；《醜陋的日本人》是模仿《醜陋的美國人》，《醜陋的美國人》曾經非常暢銷；《日本第一》是本非常有名的書。我還買了本《日笑錄》，有不少日本笑話。

日本文學部分，我看了不少松本清張推理小說，在書店看到一本買一本，買了不少。我也看赤川次郎的推理小說，但都是從小說出租店借的。我也看村上春樹小說，在書店看到一本買一本，後來他的書，愈出愈難，我看不懂，只好不看了。

芥川龍之介的書，也是在書店中看到一本買一本，每年上課幾乎都會介紹〈羅生門〉，並澄清黑澤明拍的其實是〈竹籔中〉。其他零星作家的書，我也買了些。夏目漱石《我是貓》，買了沒看完。太宰治《斜陽》，看完不覺得好，可能是翻譯關係。井上靖《敦煌》，改拍過電影。安部公房的《沙丘之女》，我很喜歡，第一次看這本書，是從圖書館借的。看了之後，印象很深，後來我買了兩本中譯本。

非文學的日本書，也看了些。黑川康正的書每年上課一定介紹的，我還買了他的全集。中野孝次《清貧思想》，我很喜歡。度部昇一《知識生活的藝術》，這本書我看了很多遍，深受影響。另外，如三鬼陽之助、河野守宏的書，我也很喜歡。

我看了不少日本漫畫，都忘掉了。比較有印象的是手塚治虫《怪醫黑傑克》，我買了一整套。我很喜歡植田正志的《不一樣先生》，或許我也是有點特殊思想的人，這本書和我正好臭味相投。

我接觸日本書，除了同學介紹的芥川龍之介外，都是自己摸索、亂看，沒遇到高人指點。所看的作品，不知在日本評價如何？是否第一流作品？是否浪費時間？我無意做日本專家，也不想研究日本文學，讀這些書純粹只是樂趣。沒想到這些年讀下來，竟然也讀了不少日本書，有點無心插柳柳成蔭的感覺。

（九十六年十一月四日）

樂在不工作

不管在那個時代、那個地方，都有兩種不同的思想。一種是主流思想，大部分人都認同這種思想；另一種是非主流思想，只有少部分人認同這種思想。但是如果有一天，認同非主流思想的人增多，也可能非主流思想變成主流思想，主流思想變成非主流思想。

今天的主流思想，一般人熟知，那就是在學校努力讀書，出社會後，認真工作，賺更多的錢，有更高的地位、更大的權勢。然後，就可以住更大的房子，買進口轎車，變成有成就的人。一般人都以此為目標，社會也以此作為成功的標準。這種居高位、掌權勢、富有的人，就是成功人物。

但是，還有另一種非主流思想，也就是另一種標準，對成功看法不同。柴林斯基的《樂在不工作》，這本書中所講的，就是非主流思想。他告訴我們，在主流思想外，還可以有另外一種選擇。從這本書暢銷全世界，可看出柴林斯基的信徒也不少。

柴林斯基原來在一家公司當工程師，已經三年多沒度過假。有一年夏天，自己放十週長假，回來就被解聘了，這年他廿九歲，從此就告別朝九晚五的生活。其實，他也不是完全沒工作，比如寫出這本暢銷書，當然也是種工作，他只是不再上班而已。

他的書中，有些獨特的看法，或許可說是和傳統社會觀念相反。比如：他認為「努力工作是無形的殺手」（頁五二），舉出日本過勞死為例。他甚至認為「工作狂是一種嚴重的病，如果不及時治療，會導致心理和生理的健康問題。」（頁八四）。今天社會上很多成功的人，都是工作狂，長時間工作，甚至以此為傲，往往犧牲了健康、家庭，等到英年早逝，後悔已來不及。

他還說：「利用任何自然資源都會造成環境污染，國民生產毛額的提高，經常是我們用環境成本換來的。」（頁六四）。因此，他認為：「最好的環保購物指南就是待在家裡看圖書館借來的書，或者多走點路散步，但是要離百貨公司愈遠愈好。」（頁六五）這些話，都很有道理，是一般人忽略的地方。

對現代人主要娛樂「電視」，他也有自己看法。他用的小標題是「看電視會害死你」（頁一八七）。他說：「在現代，最耗時間的消遣是看電視。過度看電視和工作狂一樣，也是一種有害的癮頭。」（頁一八七）。現在愈來愈多人，發現看電視的害處，少看電視，能充實生活。

最令人訝異的，是他對物質的看法。他說：「我們的物質需求並不多，這些需求可以只限於食物、水和遮風避雨的地方。現代人大都過著奢侈的生活卻不自覺。兩套以上的替換衣服可以算是奢侈，擁有一棟房子是奢侈，一台電視是奢侈品，一輛車也是奢侈品。很多人會大聲疾呼說這些都是必需品，但他們並不是必需品，我知道很多人沒有車、沒有電視、也沒有房子，卻還是過得很好。」（頁二六二）如果照他的標準，我們的生活確實是過於奢侈，值得我們深省。

（九十五年十二月十七日）

簡單

常覺得家裡東西太多，許多東西該丟沒丟，有些東西不該買而買了。我常懷疑，維持日常生活，真的需要這麼多東西嗎？

我曾經去大陸旅行一個月，去了南京、無錫、蘇州、杭州、上海，還買了機票，飛到東北的延吉。旅行一個月，我帶了哪些東西呢？不過是背了個背包，帶了個登機箱，裡面裝了幾件換洗衣物，還有些雜物、用品。我可以這樣過一個月，當然也可以這樣過幾個月，甚至一年。最多就是冬天再添件厚衣，再增補些牙刷、牙膏、毛巾、肥皂。

家裡那麼多東西，當然只能放在家裡，不能帶去旅行。而沒了家中東西，就憑著背包、登機箱，也一樣過日子。或許從這狀況可以推斷，生活中實際用到的東西並不多，只要簡單夠用就好了。那家裡那些東西是否多餘呢？

曾經在電視上，看到位高官搬家。他家裡東西真多，要幾輛卡車運送。除了家具外，他還收集很多古董，大概花不少錢。在我看來，這都是身外物，是累贅，卻有人樂此不疲。

人生下來什麼也沒帶來，死後又能帶些什麼走呢？最多也不過是些穿的衣物，難道還能帶棟房屋走嗎？就算再捨不得，也只好全部放棄了。想想為了購買、收藏、維護這些物品，花了許多金錢、精神、時間，還真可笑。

最近幾年，有些人開始覺悟了，喜歡簡簡單單的生活。尤其在美國，生活壓力極大，極為忙碌，一般人幾乎無法忍受這種生活。於是有些人開始放棄，想減輕壓力，過簡簡單單生活，減去不必要物品，不必要宴會、活動。

慢慢的在美國形成一股簡樸潮流，有些有經驗的人，開始寫書教人過簡單生活。比如：愛琳・詹姆絲的《生活簡單就是享受》，大為暢銷，可見有相同想法的人還真不少。日本也有中野孝次的《清貧思想》，蟬聯幾個月暢銷書排行榜榜首。台灣也和美國一樣，生活愈來愈複雜，也開始有人喜歡簡樸的生活，這是種自己選擇的生活型態，不是被迫的。

我很喜歡柴林斯基的《樂在不工作》。作者提倡簡樸生活，他認為很多我們認為是生活必需品的東西，如房子、電視、車子，都是奢侈品，他說，很多人沒有這些東西，還是過得很好。

我的理想是，家裡只有簡簡單單幾件生活必需品，就夠了。曾經看過一篇報導，有位女作家，家裡沒有一根多的針，我很佩服她。我的目標是，搬家時只要幾個紙箱，一輛汽車就能把東西搬完，以前做學生時就是如此搬家。結婚後，東西愈買愈多，家裡堆了一堆東西。環顧我的書房，看到書架上，一排一排的書，我就知道離目標還很遠，還要努力。

（九十五年九月廿四日）

六度分隔

有本書《六個人的小世界》，作者是哥倫比亞大學社會學助理教授鄧肯・華茲（Duncan J. Watts）。書中講的「六度分隔」理論，指的是在地球上，任何兩個不相干、不認識的人之間，只被六個人隔絕，可經由六個人就連結出某種關係。其實，有時還不到六個人，就可連結出某種關係。並不是緣份，也沒有任何原因，只要透過六個人，就會產生關係。

最近我遇到兩件事，似乎可證明這理論，讓我覺得世界何其小。其一：最近要請某位老師來校演講，這位老師是美國東岸某大學博士。和他聊天時，談到他讀的學校。我問：「有位網友鄧○○博士，好像也是貴校畢業，你是否認識？」那位老師很驚訝的問：「你怎麼認識鄧博士？」原來他和鄧博士很熟，只是多年沒聯絡。

沒想到我和那位老師，竟然有共同朋友。而我和鄧博士認識過程很奇特，當時鄧博士在美攻讀博士學位，偶然連到台中某大學BBS聊天室，遇到我。我們聊了半年，他拿到博士回國，才第一次見面，後來還去他家吃幾次飯。我和鄧博士之間隔個太平洋，雙方還能認識。更妙的是，那位老師竟然也和鄧博士同校。

其二：學校附近，有家冷飲店，中午時，我常去喝點紅茶、綠茶。去久了，慢慢和老闆熟了，有時也閒聊幾句，不過始終沒問老闆姓氏。有天中午，一如往常，我去外帶飲料。正要離開時，突然聽到有人在叫我，回頭一看，原來是饅頭店老闆黃先生，他很驚訝問：「你怎麼來這裡？」我說：「來買飲料。」再一問，他竟然和飲料店老闆很熟，來送女兒滿月油飯。我還有事，聊了幾句，匆匆分手。

隔了幾天，又去飲料店喝飲料，這才問清楚。飲料店老闆可是多才多藝，深藏不露，除了賣飲料，還開過鎖店、當過廚師，並跟饅頭店老闆黃先生學過做饅頭。就是學做饅頭，雙方才熟的。

我會認識饅頭店老闆黃先生，是因為有段時間，老婆頂下一家文具行，就在黃先生店附近。老婆開了兩年文具行，後來因為車禍，結束營業。但有時我還會去找黃先生買饅頭，順便聊聊。黃先生的興趣不在饅頭，在電腦。他是位厲害的電腦專家，副業就是幫人組裝電腦、修電腦。正好我也對電腦很有興趣，和他聊電腦，不聊饅頭。

沒想到透過黃先生，我和飲料店老闆也有了關係。不需要六度分隔，只有一度分隔。有時想想，這世界還真妙！

（九十六年四月廿九日）

卷四　社會

商業社會的膚淺

從某個角度看，商業社會是個只看表面的膚淺社會，重視的都是表面功夫，而不在乎實質。

為何商業社會膚淺呢？其實很容易解釋。當我們走進一家百貨公司或商店時，店員當然希望我們能購買商品，她才能賺錢。這時穿著就非常重要了，如果隨便穿件夾克，鞋子一看就知道是地攤貨，手上戴著廉價電子表，就算你有萬貫家產，店員也是愛理不理，認為你不可能買東西。反過來說，如果你穿著西裝，打著領帶，手上戴著名牌手錶，腳上穿著進口義大利皮鞋，店員馬上畢恭畢敬，把你當財神爺招待。

這不能怪店員，店員當然只能從表面、從穿著，來判斷你的身分。店員不可能先調查清楚你的背景、財富，或和你先交幾個月朋友，才賣東西給你。店員必須在瞬間，根據你的外表，來決定如何接待你。

不只店員如此，在商業社會中，我們每天都會遇到許多陌生人。每個陌生人也只能從表面、你的穿著，來判定你是怎樣的人，這慢慢就形成了只重表面、只重衣裝的膚淺社會。

為何那麼多人要買名牌、穿戴名牌？道理很簡單。因為名牌成為地位象徵，當你穿著名牌衣服、戴著名牌手錶、拿著名牌包包、穿著名牌鞋子，別人就會對你另眼相看，以為你是有錢、有身分的人，對你禮敬三分。

事實上，如果你手上戴著百萬的珠寶錶，那很容易推知你應該是開百萬名車，住的房子應該上千萬，銀行有巨額存款。如果你只有一百萬，應該不可能花一百萬去買珠寶錶，能買珠寶錶，當然顯示你有相當經濟能力。從外表去判斷人的財富，通常是八九不離十。

就實用功能來說，一件普通夾克就能保暖，一千多元手錶很準時，一雙氣墊鞋只要一、兩千元，夜市買的包包能裝很多東西，很耐用。又何必為了滿足虛榮心，花大錢去買名牌、崇拜名牌呢？

韓愈〈原道〉中說：「足乎己無待於外之謂德。」一個心靈充實的有德人，不會追求外在奢華。反過來說，拼命追逐名牌的人，往往是心靈空虛，才要借著名牌來填補空虛心靈，不過這是註定失敗，絕對不會成功的。

（九十四年十一月廿七日）

外商銀行

很多年前，花旗銀行台中分行開幕了，就在車水馬龍的台中港路上。我在報上看到開幕消息，心裡想：以前都是和本國銀行、郵局打交道，現在台中終於有了第一家外商銀行，而且還是美國銀行，那是非去開個帳戶不可。

準備好身分證、印章，興沖沖的去花旗銀行開戶。一進門，服務小姐引導我坐下，我填了些表格，沒多久就辦好了。除了開戶外，我也辦了信用卡、支票。

花旗銀行和本國銀行最大差異是沒有存摺，直接從提款機提款。另外，還有些特殊服務，比如打個電話就可以把錢轉到支票帳戶，不需要親自跑銀行辦理。服務態度也比本國銀行好。

這是我首次和外商銀行打交道，對花旗的服務、效率，非常滿意。唯一覺得不太適應的，是花旗銀行有個特殊規定，每月之日平均餘額不滿四萬元，要收五百元帳戶管理費，本國銀行從來沒收帳戶管理費的。當時，我想我還有四萬元，也就不去管這規定。

過了一段時間，突然接到花旗銀行寄來的通知，打開一看，原來是花旗銀行要提高平均餘額，從四萬元提高到二十五萬元。我看著通知，愈想愈不對勁，花旗銀行提高平均餘額，事先完全不徵求顧客意見，想提高就提高。今天可以突然提高到二十萬，那隔段時間又突然提高到一百萬，怎麼辦？這種提高平均餘額的方式，完全是片面的，絲毫不尊重顧客權益、感受，非常霸道。

一氣之下，我就衝到花旗銀行，取消帳戶，把信用卡剪了，支票停用。從此拒絕和花旗銀行來往，我如小蝦米，花旗銀行如大鯨魚，小蝦米無法對抗大鯨魚，只能用消極手法，斷絕和花旗銀行的關係。

後來，我在網路上看到，原來中國大陸的花旗銀行也要收服務費，標準是五千美元以下的活期存款，需繳納每月六美元或者五十元人民幣的服務費。

二〇〇二年四月，有個上海律師吳衛明狀告花旗銀行，認為花旗銀行違反《消費者權益保護法》、《中華人民共和國商業銀行法》。吳衛明認為花旗銀行收服務費的做法是對小儲戶的歧視，他要求花旗銀行公開賠禮道歉，並賠償交通費三十元人民幣。

上海分行公關部辯稱：「對存款收取服務費，是花旗銀行的國際慣例。」同年十月，一審判決花旗銀行勝訴。後來。花旗銀行又將收取服務費的存款限額由五千美元提高到一萬美元，這充分顯示了花旗銀行的嫌貧愛富，這也就是外商銀行唯利是圖的真面目。

（九十四年十一月十三日）

信用卡的麻煩

對發卡銀行來說，信用卡是生財利器；對使用者而言，信用卡卻是個大麻煩。使用現金只要掏錢、找錢，信用卡卻多了五個麻煩。

第一個麻煩，是找信用卡。結帳時，要先拿出皮夾，翻來覆去，在許多卡中找出需要的信用卡，再拿給店員刷卡。

第二麻煩，是要等簽名。用現金付帳，找了錢就可走人。但用信用卡必須等過卡，吐出簽帳單，還要找筆簽名。還好有些信用卡，在某一額度下可免簽名。

第三麻煩，是後續動作。拿到簽帳單，不能隨手丟棄，要帶回家，找固定地方放簽帳單，不能遺失。

第四麻煩，是要收銀行寄來的繳款單。收到信，要先拆信拿出繳款單，再取出簽帳單，一一和繳款單核對。用現金沒這些麻煩。

第五麻煩，是核對無誤後要繳款。如果是去超商、郵局、銀行繳款，必須要出門，花時間去繳款。我都用網路郵局轉帳，不必出門。但也要打開電腦，上網路郵局網站，輸入帳號、密碼、使用者代號，選好要轉入的銀行，輸入轉帳金額、驗證碼。怕轉帳出錯，轉帳完，還要紀錄轉帳金額、時間、編號等。

如果只有一張卡，或只刷了一張卡，那只要麻煩一次。如果有四張卡，每張都刷了，就要麻煩四次。有閒的人、不怕麻煩的人，或許願意多花點時間。整天忙碌的人，還要浪費時間、精神弄信用卡，實在是個折磨。

除了使用的麻煩外，還有很多後遺症，比如年費、盜刷、遺失、資料外洩。有時信用卡公司會來電，推銷保險，或傳簡訊通知有某種活動，煩死人。

我的信用卡本來不多，就那幾張。可是老婆喜歡用信用卡，喜歡信用卡的一些福利。比如百貨公司週年慶，刷卡或拿信用卡可換贈品；有些百貨公司聯名卡可使用貴賓室；大部分信用卡都有紅利積點，或現金回饋。

老婆開始努力填表辦卡（這也是麻煩之一），我的信用卡暴增至七張，加上老婆副卡，大約有十多張卡。卡多煩死人，要花大量時間來處裡卡事。更可怕的是，一張信用卡刷一萬元，就七萬元了。循環利息又高，和老婆徹底溝通後，開始剪卡，現在還有四張正卡，加上幾張副卡。

我在網路上查信用卡資料，發現很多人沒有信用卡，不用信用卡，這些人真是聰明，先知先覺，知道信用卡的麻煩。一般人心理，用現金時比較有節制，口袋沒錢，就不花了。刷信用卡時，沒看到錢，往往就會多刷，結果是要付高額循環利息，肥了銀行，空了口袋，有些甚至成為卡奴，背負卡債。要避免信用卡的麻煩，一是少辦信用卡，二是除非出去旅遊，或是網路購物，否則能不用信用卡，就不用。

（九十七年六月十五日）

股市凶險

股市如海，有時波平浪靜，有時驚濤駭浪，一不小心就會滅頂。民國七十多年，我開始買股票，買書看，學基本分析、技術分析，結果是在股海中浮沈二十多年，卻沒學到賺錢方法，只會賠錢，成為賠錢專家。

敗軍之將，本不足言勇。但最近看到股市大跌，股民套牢，有人慘遭斷頭，有人傾家蕩產。忍不住想寫點心得，供有心人參考。

第一、不要買股票。每次有人問我要不要買股票，我的答案一定是不要買股票，離股市愈遠愈好。偏偏有些初生之犢不聽勸，不知道股市吃人、股票恐怖，硬是要買股票，結果可想而知。台灣股市太凶險，很多人大賠特賠，血汗錢化為烏有。請記住：高利潤一定有高風險。能不碰股票，千萬不要碰。據我所知，日本有祖先遺訓，世世代代不得買股票，大概是吃過股票大虧。

第二、不可天天買進賣出。如果非買股票不可，我建議最好是做中、長線，不要炒短線，短線通常贏少賠大。還有就是台灣股市一向是五窮六絕七上吊八盤，一年中只有半年可以買股票。十月、十一月、十二月、一月、二月、三月勉強可買股票，但不一定能賺到錢；四月、五月、六月、七月、八月、九月，通常是淡季，最好是休息，不要買股票。如果遇到空頭市場、金融危機，要先退出觀望。

第三、要訂停損點、停利點。停損點是避免損失擴大，要看自己承受程度來訂，通常是訂百分之五到百分之十。只要到停損點，不顧一切賣出。停利點是不要太貪心，到停利點就要獲利了結，落袋為安。股市名言：「作多作空都會賺錢，只有貪心的人賺不到錢。」不會訂停損點、停利點的人，千萬不要買股票。

買股票前，真的要好好想清楚。股市往往是條不歸路，贏了想贏的更多，輸了想贏回來，和賭博差不多。不喜歡賭博的人，就不該買股票。而且有時就算賺了錢，可能賠了健康、時間、精神，不見得划算。

我發現買股票之後，金錢觀會改變。日常生活中，一點小錢都要斤斤計較，捨不得花。進入股市後，一次下跌可能就會輸掉一台電視、一台冰箱、一輛汽車，甚至一棟房子，金錢觀當然會受影響。在股市中，人性的弱點貪婪、畏懼、猶豫等，都會顯露出來，股市像是個放大鏡，能放大人性弱點。

每天有那麼多人在買賣股票，大家想法觀念都不一樣，想要預測群眾心理，幾乎不可能。股市漲跌難以預測，常跌破一堆專家眼鏡，再加上國際環境因素，就更難以掌握。沒有人能長期百分之百預測股票漲跌，這造成股市賠錢人多賺錢人少。最後一句：「股海凶險，千萬小心。」

（九十七年六月三十日）

談名牌

前幾天，在雜誌上看到一款名錶，售價是八千萬台幣，已經在台灣接到幾張訂單。錶的牌子是Franck Muller。上網一查，原來Franck Muller是瑞士錶，近十年竄紅，在台灣很受歡迎。網路上最便宜的Franck Muller男錶，售價約二十萬。當然，我沒錢去買二十萬名錶，就算有錢也不會去買，也不羨慕買名錶的人。我戴的精工錶花一千多元買的，很準。手錶不就是用來看時間嗎？何必去買珠寶錶、三問錶、陀飛輪錶等高價錶呢？

我出生在小康家庭，家中溫飽無虞，卻沒錢買名牌、用名牌。我在鄉下長大，穿的、用的都是些普通物品，連名牌名字都沒聽過。一直到快四十歲，我還弄不清有哪些名牌。就在四十歲左右，有一次參加旅行團，去菲律賓玩。這一團很特殊，其中有幾位團員，對名牌很熟悉，如數家珍。從他們口中，我才稍稍知道些名牌。回國後，我開始注意名牌，看報章雜誌、電視、電影或逛街、逛百貨公司時，也留意名牌，對名牌有點概念，但還是不買名牌。

一般說來，所謂的名牌，大概都是些外國輸入貨品，以日常生活用品為主。有穿的衣服、皮帶、皮鞋；戴的珠寶、手錶；用的筆、皮包、打火機；女人的化妝品、口紅、香水；男人喜歡的車子等等。這些東西本國也有生產，價格低廉，偏偏有人花高價，去買國外進口的名牌。如果從實用功能來看，夜市買的皮包，也很好用，何必花個幾萬塊，去買ＬＶ皮包。衣服也一樣，普通衣服也能保暖，很好看，何必花大錢去買三宅一生名牌衣服？其他名牌都可依此類推。

名牌之吸引人，當然不是其價錢之高昂，品質是原因之一，另一個重要原因，是為了社會地位。今天的工商業社會，只看表面。去逛百貨公司時，店員憑著你的外在，推斷你的身分，甚至你的財富。如果你穿名牌、用名牌，店員就對你很客氣，另眼相看。如果穿著普通，就愛理不理。也不只是百貨公司店員，整個社會都是如此。很多人要藉著名牌，獲得別人的尊重。

就事實而言，買的起名牌的人，應該擁有相當財富。戴二十萬錶的人，開的可能是百萬名車，住的可能是千萬豪宅，銀行裏存款也很驚人。如果你只有幾百萬，應該不會去買二十萬名錶。至於能買八千萬名錶的人，一定有上億的財產。

不過，有件奇怪的事。雖然喜歡名牌、買名牌的人很多，但是，有關名牌的書卻不多。自從我開始留意名牌後，想買幾本介紹名牌的書，在書店逛來逛去，只看到幾本名牌書，名牌雜誌倒比書多。是否買名牌的人都不看書呢？或許足乎己，才能無待於外。

（九十六年一月廿一日）

名牌書

很多人喜歡名牌，願意花大錢去買名牌。奇怪的是，台灣各大百貨公司、精品店有很多名牌，可是談名牌的書很少，介紹名牌的雜誌比較多。

幾年前在偶然機緣下，我開始注意名牌。除了聽別人談名牌外，注意媒體的名牌報導，也去書店找名牌書。遺憾的是，當時找來找去，只買到兩本名牌書，或許這幾年，又出版了些新名牌書。

我買到的第一本書是《名牌故事》，黃淑麗輯，經濟日報叢書，經濟日報社七十六年四月出版。這本書按名牌英文字母順序排列，由A到Z，共選了一〇一種名牌。其中有時裝、珠寶、化妝品和香水、手提包、名酒、名錶、打火機、名筆、名刀，幾乎無所不包。每種名牌，約花二至四頁介紹，有彩色圖片。

其中最為人熟知的名牌有：Audemars Piguet、CHANEL、Dupont、三宅一生、LOUIS VUITTON。

Audemars Piguet，簡稱AP，中文翻譯成愛彼錶，有名的瑞士珠寶錶。有人喜歡花大錢買名牌錶，把錶當成身分象徵。目前網路上最便宜的愛彼自動男錶，要十四萬八千元；最貴的皇家橡樹男錶，要六十七萬元。書中提到「其中仍以寶石手錶最具代表性」，但是「寶石錶的維護最為不易」，「佩戴名牌寶石的錶，最忌遭到碰撞」。看起來，戴名錶也不容易，還不如戴個普通錶，來得自在。

CHANEL，香奈兒，法國香水。一九二一年推出有名的5號香水，是最暢銷的香水。瑪麗蓮夢露接受訪問時，說晚上穿CHANEL No.5睡覺。目前CHANEL No.5網路售價50ML要二〇五〇元，並不便宜。香奈兒企業集團也賣服飾、珠寶、皮包、皮鞋、配飾品。女人比較喜歡用香水，男人只能用古龍水。

Dupont，都彭，法國打火機。開啟時，會有「噹」清脆聲。據說，每個打火機要經過四九二個工作程序、六四〇次品質檢驗，才能出廠。名牌之所以為名牌，自有其道理。網路上最便宜的都彭打火機，要三六五〇元，是一般打火機幾倍價格。都彭也生產各式皮夾，最便宜的短夾要三九〇〇元。

issey miyake，三宅一生，世界知名的日本服裝設計師，也是品牌名。三宅一生偏愛天然原料，服裝中性設計。黃明堅《輕輕鬆鬆過日子》（臺北：皇冠文學出版有限公司，一九九五年）中，曾提到三宅一生是她最喜歡的設計師，以及她在巴黎逛三宅一生店的經驗。黃氏認為三宅一生的服裝、店、秀，禪味十足，接近東方人本精神。

至於LOUIS VUITTON，路易威登，簡稱LV，這就不必介紹了。在日本、台灣，LV是最有名的名牌，地攤上一大堆仿冒品。有個傳說，當鐵達尼號從海底撈起時，發現個LV旅行箱。在海底那麼久，海水壓力那麼大，竟然一滴水也沒滲進去，可見其品質之優良，並非浪得虛名。

除了要靠名牌來抬高身分的人之外，一般人只要稍微知道名牌就好了，實在沒必要去買名牌。品質好，實用、耐用就夠了，何必要花大錢買名牌呢？

（九十六年一月廿八日）

消失的東西

有些生活中常用的、熟悉的東西，在不知不覺中，被其他東西取代，消失的無影無蹤。最後，只留存在記憶中，偶然還會想起。比如煤球、黑膠唱片、呼叫器、電腦1.2MB大磁片、數據機等，都是我熟悉的東西，但今天很多年輕人，根本沒聽過、沒見過這些東西。

小時候，家家戶戶都用煤球，當時煤球是家庭使用的主要燃料。煤球要燒起來，很麻煩，常常弄得一把眼淚、一把鼻涕，才能點燃煤球，煮好一餐飯。煤球用完，還要請人送煤球來，真是不方便。若干年後，瓦斯桶取代煤球，一開瓦斯爐就有火，可以煮飯。方便是方便，但瓦斯用完，還是要叫瓦斯行送瓦斯來，也很麻煩。後來又有天然瓦斯，更方便。現在日本很多家庭用電磁爐，無油煙，不需要付天然瓦斯費，更理想。

黑膠唱片陪伴我很長一段時間，當時要聽音樂就必需用唱盤，聽黑膠唱片，也花錢買了些黑膠唱片。慢慢有了隨身聽，就開始改聽錄音帶，又有了CD，更是方便。經過一段時間，發現根本沒在聽黑膠唱片，也買不到黑膠唱片，乾脆將唱盤、唱片都送給朋友了。現在有了MP3播放器，體積更小，更容易攜帶。而且也有軟體，很容易將CD中歌曲轉成MP3，存到MP3播放器。

在沒有大哥大前，很多人都有呼叫器，呼叫器功能多，確實方便。大哥大普及後，用呼叫器的人逐漸減少，現在除了特定人士，如醫生外，幾乎沒有人用呼叫器。中華電信在二〇〇七年二月一日，終止呼叫器業務，真是可惜。其實，呼叫器有很多優點，似乎可以搭配大哥大一起使用，不需要停止。看著家裡的幾個呼叫器，還真懷念以前用呼叫器的時代。

電腦設備更新速度極快，以前用的一些電腦周邊設備都在消失中。比如1.2MB大磁片幾乎已經絕跡，現在的電腦都沒大磁碟機，只有小磁碟機，根本不能讀大磁片。家裡有台電腦還能讀大磁片，但也很少用，現在都用1.44MB小磁片。小磁片雖然容易攜帶、使用，但也和大磁片一樣易發霉、損壞，可能也即將消失。將來或許都用隨身碟、外接式硬碟或記憶卡加讀卡機。

我用了很久數據機，最早用的是2400bps數據機，後來才有19600bps的數據機。出現ADSL後，大部分人都用ADSL上網，已經沒人用數據機了。我也改用ADSL，家裡儲藏室還有兩台數據機，只能當成紀念品了。

在數位化潮流下，有些東西現在有人使用，但恐怕也即將進入歷史。比如錄音帶、錄影帶、底片等非數位化東西，遲早都會消失。錄音帶、錄影帶大概已經很少人使用，用底片的人較多，傳統相機還是有市場，但數位相機普及之後，底片將消失。

看到這些東西慢慢消失，退出生活，雖然覺得可惜，卻是無可奈何。時代進步，當然會有新產品來取代舊產品，然後又有更新產品來取代新產品。

（九十六年十二月廿三日）

大賣場

大賣場是現代文明的產物，空間廣大，光線明亮，大量貨品，應有盡有，價錢也不貴。現在逛大賣場，幾乎成為全民運動，很多都市居民，假日休閒活動，就是逛大賣場買東西。

我很喜歡逛大賣場，每個月總是要去逛幾次。逛久了，也有些經驗，值得寫出供愛逛大賣場的人參考。

在大賣場買完東西，結完帳，都會拿到「銷貨明細表」。以前，我都很信任大賣場，根本不看「銷貨明細表」，隨手一塞，就離開大賣場。

有一次，和位親戚一起去大賣場買東西，結完帳後，她仔細核對「銷貨明細表」。我還笑她浪費時間，大賣場都用電腦結帳，怎麼會出錯？誰知道她就對出錯誤，價錢和貨品不符合。後來發現，竟然是顧客偷換標籤。

從此之後，每次在大賣場結完帳，我都會仔細核對完，才推推車離開。通常是不會有錯，但有幾次也對出錯誤。最誇張的是，有家大賣場，去購物三次，三次結帳都出錯。為了自己權益，大賣場結完帳，務必要仔細核對「銷貨明細表」。

還有次很誇張的獨特經驗。那次，我和老婆一起去大賣場，結完帳後，老婆去服務台換購商品，我推著滿車貨品，先往前走。突然，我看到左邊有個照相攤子，我就把推車靠右邊放著，到左邊看照相攤子。我和推車之間，大約隔著兩輛推車距離。正在看時，老婆來了。老婆問：「你推車呢？」我說：「在右邊。」轉身一看，右邊推車竟然不見了。滿車貨品大概有四千多元，已經結過帳了。

老婆和我急忙往前找，大約十多公尺，看到位中年婦女正推著我的推車。因為我們買了些尿布，尿布正好放在車子最上層，一看就知道是我們推車。老婆馬上就拉住推車，對中年婦女說：「這是我們推車。」中年婦女說：「對不起！對不起！推錯推車了。」就把推車還我們了。本來想要叫警衛來，但看到中年婦女旁邊還有位少婦，少婦手上抱著嬰兒，可能是她媳婦。而且推車也要回來了，就不和她計較，放她走了。

之後，我還是常逛大賣場。但每次都會詳細核對「銷貨明細表」，也會牢牢看住我的推車，再也不敢掉以輕心。

（九十四年九月四日）

顧客第一

今日的工商業社會，競爭非常激烈，許多公司為了抓住顧客，常常喊些「顧客第一」、「以客為尊」等口號。但是，從顧客的角度來看，許多公司只會喊口號、做宣傳，對顧客的服務實在很差勁。結果就是顧客用腳選擇，遠離這家公司，換另外一家公司買東西。

我最不滿的狀況之一，就是公司忙著開會，不接顧客電話，愈大的公司愈容易有這毛病。有時在早上九點多打電話到某公司，找業務某某先生，接電話小姐竟然說：「某某先生正在開會，請等下再打來。」我真弄不清楚，是顧客重要，還是開會重要。沒有了顧客，開再多會，又有什麼用。我認為正確的作法，是先接顧客電話，接完電話，再繼續開會。

還有些公司設了一大堆規定，要顧客遵守。這就很奇怪了，顧客又不是公司員工，也沒領公司薪水，為何要遵守公司規定。我認為公司規定，是給員工遵守的，而不是要顧客遵守。而且，就算公司有規定，也要能通權達變，視狀況隨時調整，不能一成不變，甚至不近人情。

有段時間蛋撻非常熱門，要買蛋撻常要排隊，有些店還專門設了個賣蛋撻窗口。有一次，和老婆到某家店想買蛋撻。去的時候，窗口正好沒人排隊，我們就進入店內，向店員說想買蛋撻。這時店內只有幾個顧客，店員直接把蛋撻裝給我們就行了。誰知道店員竟然往外一指，要我們到外面窗口排隊，這實在是太莫名其妙了。如果店裡顧客很多，當然可以要我們去排隊，明明店內沒幾個客人，卻還要我們繞到門外排隊。那很簡單，我們不在這家買，換一家買。

還有些商店，大概是被偷怕了，竟然在門口裝了偵測器。如果顧客沒結帳，帶東西出去，就會響起來。我覺得這種商店，很不尊重顧客，把顧客都當成小偷。我儘量不進入這種商店買東西，怕的是萬一店員沒消磁，或偵測器故障亂響，那就很尷尬。

愈進步文明的國家，愈是重視人權，也才有顧客第一的觀念。台灣的百貨公司結帳時，都是店員去結帳。可是當我們去中國大陸或東南亞國家的百貨公司逛，才發現是由顧客拿著商品去櫃台結帳，而不是由店員服務。或許再過幾年，等他們知道顧客的重要，才會顧客第一吧！

還有些公司，電話總是打不通，或是打個十幾次才打通，這種公司應該多申請幾線電話。還有些商店，顧客還沒走，店員就開始收拾弄亂的東西，或把顧客指痕擦掉，這都很不尊重顧客。希望所有公司、商店，都能站在顧客立場着想，真正做到顧客第一。

（九十四年十一月六日）

給人方便

人有固定生理活動，來維持生命。吃、喝外，最重要的是排除廢物，一部分由皮膚排除，其他要靠泌尿系統、排泄系統來排除。尿液最麻煩，每幾個小時，就要排除一次。憋尿，傷腎又傷肝，後遺症很多。

人有三急，其中之一，就是尿急。一急起來，找不到地方，很難受。在家裡，當然沒問題，幾乎家家都有廁所。出門就麻煩了。照道理說，既然人民有這需求，政府要滿足人民需求，應該處處廣設公廁。

有些人很可憐，想上廁所，卻沒廁所可上，或是先要允許才能上廁所。前者如攤販，很多擺攤的地方，沒廁所，只好憋尿。後者如生產線上的女工，聽說想上廁所，要先舉手，有人來代理工作，才能上廁所。看來想上廁所，就能上廁所，是很幸福的。

聽過些好笑的廁所事。美國某些公司，上廁所要帶鑰匙，沒鑰匙無法上廁所，這大概是不同等級有不同廁所吧！軍隊也有同樣情形，有些部隊分成軍官廁所、士兵廁所，上廁所也要分階級。還看過某單位，竟然一人一間廁所，廁所前貼名牌，一人一間不能上錯。

大部分公園是有廁所的，可以解決一些問題。再來就是加油站，上廁所從來沒被拒絕過。百貨公司一定有廁所。麥當勞、肯德基，也有廁所。公家機關，也都有廁所。其他地方呢？就很麻煩了。有些風景區，如墾丁，街上找不到公廁。當然還是有解決辦法。最簡單的方法，就是到商店買東西、吃飯、喝飲料，順便上廁所。

每次開車到中二高大里交流道，都會固定在一間小商店前停車，因為這家商店有廁所。大人、小孩都上了廁所，才上高速公路。用了人家廁所，總是要買點東西，小商店給人方便，為自己帶來商機。這道理很簡單吧！偏偏很多企業就不知道。

上廁所，最方便的地方在那裡？應該就是到處都有的便利超商。這些超商本來就有廁所，但只提供員工使用，不對外開放，多年來一直如此，不知錯失多少商機。這幾年情況有點改變，大概有些大老闆開竅了。

在印象中，首先，似乎是萊爾富開始，廁所對外開放，其他便利超商跟進。現在有些7-11、全家、其他超商，廁所也都對外開放。有的是在超商內，有些是在超商外。開放廁所，會帶來商機。

要靠政府解決問題，大概不容易，還是要人民自力救濟。現在既然超商開放廁所，給人方便，給自己方便。那全台灣，那麼多的商店、行號，是不是也該起而效法，都開放廁所。如果每家商店，都能開放廁所，那就是人民最大幸福，處處可方便。

（九十六年八月十二日）

丟垃圾

八月全家去南部渡假，最後一站到恆春半島。投宿在恆春，卸下行李，泡了下溫泉，看天黑了，就帶老婆、孩子去逛墾丁夜市。

夜市很熱鬧，人擠人。剛到墾丁街頭，就看到賣剝殼椰子的，三顆一百元，比台中便宜。也沒多想，買了三顆椰子，裝在塑膠袋裡。老板體貼的將上面打好洞，插上吸管，隨時可喝。邊走邊喝，很快喝完了三顆椰子。

喝完之後，當然是將椰子丟進垃圾筒。一路上，到處找垃圾筒。唉！手拎著三顆沉重椰子，從墾丁街頭走到街尾，沒看到一個垃圾筒，倒是看到不少「此處不得丟垃圾」的張貼。有些人碰到這種情況，就會隨便找個地方丟掉，我可不是亂丟垃圾的人。走到夜市盡頭，往回走，手上還是拎著三顆椰子。

最後的解決辦法，是孩子打彈珠時，老婆問老板，是否能幫忙解決三顆椰子。老板答應了，問題才解決。以後逛墾丁夜市要小心，不要買任何會製造垃圾的東西，因為墾丁街上沒地方可丟垃圾。墾丁周圍地區，路邊很多垃圾子母車，但墾丁街上竟然沒垃圾筒，對觀光客很不方便。

我想任何一個風景區，要吸引觀光客，最起碼要有垃圾筒和廁所，這都是給觀光客方便。可是墾丁街上這兩者都沒有。想上廁所，只好去超商或肯德基，實在非常不方便。或許主事者認為不裝垃圾筒，可少掉收垃圾麻煩，但不設垃圾筒，觀光客只好隨手丟到街邊，豈不是街道更髒亂？這或許就是墾丁街上到處張貼「此處不得丟垃圾」的原因。

有丟垃圾需求，又沒垃圾筒，當然會出問題。只要廣設垃圾筒，就沒亂丟垃圾問題。通常都市行人道上，都會有小垃圾筒。有些城市嫌收垃圾麻煩，把小垃圾筒撤掉，結果是逼行人亂丟垃圾，反而更麻煩，更髒亂。

由這事又想到家庭垃圾問題。台灣每個家庭，每天都會有些垃圾，來源很複雜。本來丟垃圾是件小事、輕輕鬆鬆的事，現在可是很麻煩。有些地方，要花錢買專用垃圾袋，全臺各地方幾乎都要垃圾分類，只有少數鄉下地區，路邊有垃圾子母車，不必分類。這幾年這些子母車都收起來，除了墾丁很少看到垃圾子母車。

垃圾分類是件極麻煩的事，如果只分兩種，可回收、不可回收，那還簡單點。現在的分類很複雜，又有廚餘、日光燈管、電池，有些特殊垃圾不知要如何分類。我任教的學校，在剛開始實施垃圾分類時，置之不理。結果垃圾車拒收垃圾，幾天之後，臭氣薰天。最後是學校屈服，不但各班放置分類垃圾筒，垃圾場還請幾個人專門來分類垃圾，分的很清楚。

用人工分類，耗時費力，為何不用機器分類？在電視上，看到國外的自動化垃圾處理廠。垃圾運來後，倒在輸送帶上，經過一關又一關，有的用風吹，有的用磁鐵，有的可高壓擠壓成磚塊之類，最後剩下的垃圾才焚化掉。政府或有心企業應該建立自動化的垃圾處理場，用機器分類，節省人力。善加處理垃圾，是可以致富的。

（九十六年八月十九日）

一些禮數

年輕人學校畢業，進入社會工作，常會被批評不懂禮數。老實說，這不能完全怪年輕人。很多禮數，在家父母沒教，學校老師沒教，甚至書上也沒寫。年輕人怎會知道那些是失禮的事？本文中將提到一些禮數，供年輕人參考。

去拜見長輩，進長官辦公室，或到別人家裡作客，請勿坐主人椅。顧名思義，主人椅是給主人坐的，不是主人就不要坐主人椅。通常一套沙發，有一張單張椅子，一張兩人座椅子，一張三人座椅子。單張椅子就是主人椅，不是主人坐主人椅是很失禮的，要特別小心。

和人說話時，要站起來，這是對人的尊重。不管是長官或同事，來找你談事情時，不可以你坐著，他站著，這是很失禮的。對方站著和你說話，你就應該站起來，或是請對方坐下，再和對方談話。千萬不要他站著，你坐著，這會讓人感覺你很傲慢。

有件事，雖然已隔三十多年，但我印象很深，一直沒忘。那是我讀大一時，有次為了系刊去採訪一位老師，那年我不到二十歲，那位老師已八十多歲，在佛學界非常有名望。當採訪完，我們幾個人要走時，老師親自送我們到門口，還在門口和我們揮別，等我們走遠了，他才回去。

就如那位老師做的，送人一定要送到門口。有人來探訪你，不管是到辦公室，或是到家裡，當對方要走時，一定要特別注重送別的禮數。你可能已經花了幾個小時和他聊天，如果他一踏出門口，你立刻關門，讓對方感覺好像你不歡迎他。正確做法是，你要送他到門口或巷口，許多人往前走幾步後，會回頭看看，如果他回頭看時，你已經把門關上，這是很失禮的事。一定要等他回頭看了，或是轉彎看不見了，才能關門進去。如果對方坐電梯下樓，要等電梯門關了，才能回來。其實，你已經花那麼多時間和他聊天，又何必在乎那兩、三分鐘送別時間。

和人約會要提前到。比如女友約你到她家吃飯，如果約七點到她家，你應該提前半小時，六點半就到。到了之後不要去按電鈴，先把自已頭髮弄整齊，衣服整整，領帶弄正，等七點到了，再去按電鈴。為何不要提前按電鈴？因為時間沒到，女友家人可能正在換衣服，準備飯菜，提前去按，對方可能措手不及。為何不七點準時到？因為如果準時到，可能沒時間整肅儀容。女友父母開門一看，你頭髮散亂，領帶歪著，還喘著氣，第一印象就不好。

至於坐車應該怎麼坐，吃飯時那個是上位，婚喪喜慶有那些禮數，可以參考內政部八十年一月廿六日修正頒行的〈國民禮儀範例〉。共分七章，包含一般禮節、成年禮、婚禮、喪禮、祭禮，相當實用，在網路上就可以找到。

（九十四年十月二日）

富過三代懂穿衣

每個人天天要穿衣，但會穿衣、懂穿衣、穿衣高雅、得體的人，實在不多見。或許就如俗語說的：「富過三代才懂穿衣。」說起來，穿衣真不是件容易的事。

最難穿、容易穿錯的是西裝，畢竟這是外國人的服裝。一般人穿西裝，比較容易弄錯的是釦子、袖子、領帶。

穿西裝，最容易忽略的是釦子。很多人不懂西裝釦子要怎麼釦，何時要解開。甚至有些政治人物，在電視上接受訪問，或發表談話，西裝釦子也釦錯了。簡單說，不管是有兩個釦子或三個釦子，最下面釦子都不能釦。如果只有兩個釦，那只能釦一個釦子；如果是三個釦子，只能釦第一、第二釦子，不能扣第三個釦子。

至於何時要解開釦子，不懂得人更多。其實這很簡單，穿西裝坐下來時，就要解開釦子，站起來再釦上釦子。坐下不解開釦子，西裝肩膀部份或腹部兩側，會被撐起來，很不雅觀。

袖子部份，要特別注意長度，露出一大截固然難看，完全不露出也不好。最好是大約露出兩公分左右，不要露出太長或太短。

領帶部份，最容易犯錯的是太長或太短。一般說來，領帶到腰部，蓋住皮帶環，就可以了。太短不好看，太長也不妥。至於領帶夾，最好是不用。

另外，西裝的顏色、襯衫的顏色、領帶的顏色，都以保守為宜，而且要互相搭配。服裝配色，可參考尖端出版有限公司出版的《男士服裝配色手冊》。如果不想去研究配色的人，最安全的穿法，是藏青色西裝配白襯衫，領帶用紅色或藏青色斜紋領帶。

穿西裝是否有典範可模仿呢？其實是有的，那就是〇〇七電影中的詹姆斯龐德。如果你注意看詹姆斯龐德的穿着，就會發現不管是釦子、袖子、領帶、樣式、配色等等，都是第一流的，穿着高雅，可以當成典範。

關於穿著，還有件很奇怪的事，台灣名牌滿天飛，懂得穿着、講究穿着的人也不少，但筆者手邊竟然沒有一本台灣人寫的談穿着、教人穿着的書。手邊唯一有的是幾本翻譯書，一本是名人出版社出版的《成功的穿衣法》；一本是王榕生時裝雜誌社出版的《成功在衣著》；還有一本是雪山圖書有限公司出版的《成功在衣裝》，這三本書書名不同，其實都是美國約翰・瑪露的作品。另外還有一本國家出版社出版的《男性穿著的藝術》，也是外國人寫的。筆者非常期盼能有台灣人寫一本教台灣人穿著的書。

（九十四年十月九日）

拿筷子的方法

拿筷子是小事，何必寫篇文章？主要是因為某天晚上帶孩子去吃飯。看到孩子亂拿筷子，才回想起我廿二歲前也是亂拿筷子，後來很辛苦才改正過來。

每天吃飯，都要拿筷子。如果仔細觀察一下，就會發現拿筷子姿勢真是千奇百怪。大部分人都不會拿筷子，亂拿一通。其實，這也不能完全責怪一般人，主要是學校不教，書上也沒寫，許多人從來沒學過如何拿筷子，就只好隨便亂拿。隨便亂拿，當然也可以夾菜、吃飯，只是姿勢不太美觀。遇到夾花生、豌豆，姿勢正確一夾就起，姿勢錯誤邊夾邊掉。

說起來很慚愧，我從小就亂拿筷子，反正只要能吃飯就好了，管他姿勢正確不正確。一直到大學快畢業時，也就是我廿二歲左右，偶然想到：畢業後要到社會做事，難免會有些交際應酬，隨便拿筷子，總是不太妥當，於是下定決心改正。要更改廿二年來的習慣，當然不容易，但只要下定決心，也就能成功。

時間太久了，已經記不清是向誰請教，如何更改過來的。我只能確認，是大學畢業時改過來的，原因是怕被別人笑。拿筷子的正確姿勢是以食指、中指前端夾住第一根筷子，第二根筷子放在虎口、無名指前端上，然後大拇指壓在兩根筷子上。在夾東西時，主要是移動第一根筷子。

改過來後，就遇到別人誇我拿筷子姿勢正確。那大概是一年半之後，我參加救國團的活動，要去澎湖。前一天在高雄報到，晚上很多人一起吃飯。我們這桌有十幾個人，大家邊吃飯邊聊天。這時有位仁兄突然說：「一桌十幾個人吃飯，我觀察了一下，就只有兩個人拿對筷子，一位就是這位同學。」說著就向我指了一指。我聽了心裡暗自高興，總算沒白花工夫。

每種工具，都有不同的使用姿勢。鋤頭有鋤頭拿法，鏟子有鏟子拿法；鉛筆有鉛筆拿法，毛筆有毛筆拿法。常用工具中，以毛筆最重姿勢，幾乎每位書法老師，一開始就會教學生拿毛筆姿勢，偏偏許多人還是不會拿毛筆，和拿筷子一樣，都是忽略了小事。雖然是件小事，也要特別注意，要用正確的姿勢，以免被人取笑。當然只注重小事也不對，不過小事都錯，又怎能做大事。

（九十五年五月七日）

東西飲食文化小差異

東西文化有很多差異，大差異眾所皆知，小差異就不容易被發現。甚至一些學外國語言、接觸異國文化多年的人，也不一定會發現文化的小差異。尤其，飲食文化方面的小差異，更難發現。

有位親戚大學外文系畢業，曾在某私立高中當英語老師。她學英文多年，英語流暢，還到國外進修過英文，平日也常和美國人接觸，對美國文化有相當程度的認識。在一次機會，偶然發現一個飲食文化的小差異。

有一次這位親戚（以下簡稱C老師），和某位美籍女老師約好中午一起吃飯。C老師先到學校自助餐廳，美籍女老師還沒來，C老師就先幫她點了一些菜，其中有條魚，一整條的魚。美籍女老師到餐廳，看到C老師點的一整條魚，竟然不敢下筷。經過詳談後，才知道原來美國人吃肉時，是不吃頭的。魚頭不吃，雞頭不吃，其他動物頭都不吃。難怪美籍女老師看到整條魚，嚇得不敢吃。

一次閒談中，C老師告訴我這件趣事。後來看外國電影、電視影片時，我特別注意，果然美國人吃飯時，上桌的雞是沒頭的，感恩節火雞大餐，火雞也是沒頭的。頂呱呱炸雞，店裡也看不到雞頭。請美國人吃飯，尤其是到家裡吃飯時，要特別注意，不要整隻雞、整條魚端上桌，讓雙方尷尬。

後來我才知道，中古歐洲人是將整隻動物搬上桌吃，後來為了拉遠人和被吃動物的距離，不要聯想到食物本來樣子，才拿掉動物的頭、腳、尾。歐美人一方面想吃動物，一方面又避免想到動物，還真有點偽善。

另外，和外國人交往時，也要特別注意一些飲食忌諱。像我們喜歡吃的臭豆腐、燒仙草、皮蛋、豬血糕，往往是外國人敬而遠之的。或許真是：One man's meat is another man's poison.（一個人的佳餚常為另一人的毒藥）。

其實，不只美國飲食有忌諱，世界各民族飲食都有忌諱。或許是宗教因素，或許是環境影響，各民族對吃肉態度不一。法國人喜歡吃兔肉；韓國人喜歡吃狗肉；印度人禁止吃牛肉；伊斯蘭教、猶太人禁止吃豬肉。還有很多民族不吃狗肉、鴨肉，有些民族不吃羊肉。台灣很多人不吃牛肉、狗肉、兔肉。大概所有民族都吃雞肉，除了素食者外，只有極少數民族不吃雞肉。

還有些比較特殊的，如：西藏人忌諱吃魚；日本人不吃肥肉和豬內臟；泰國人不愛喝湯、不吃油炸食物；印度人忌吃蘑菇、木耳和筍類蔬菜。很多民族不吃動物內臟，不吃動物血。在宴請外國友人時，最好先問清楚飲食忌諱，以免誤觸對方忌諱，引起不必要的麻煩。

（九十四年八月十四日）

談交通

每次開車、騎機車時，都有很深感觸。馬路只是交通的地方，又不是戰場，為什麼會有人在馬路上搏命？有人視紅燈為無物，見紅燈就闖；有人不理限速，超速行駛；有人騎機車，在車陣中亂竄，簡直就是一隻腳伸入鬼門關；也有人不在自己車道行駛，進入別的車道。馬路真的成了虎口，隨時會吃人。真有這麼危險的必要嗎？生命重要還是速度重要？值得嗎？就算自己命不值錢，不想活了，別人可還不想陪你死。

最可惡的違規，就是酒後駕車，簡直就是把他人生命當兒戲。這種把車子當成殺人武器的人，應該一肇事，就永遠吊銷駕照。

看到某些人開車橫衝直撞，幾乎可斷言，遲早會出事。很少人第一次闖紅燈，或是第一次酒駕、路肩超車，就被警察抓到，就會發生車禍。往往是多次闖紅燈、酒駕、路肩超車，才發生事故。但只要發生一次事故，後果就不堪設想。我曾多次在醫院的復健科，看到不少女孩在復健，大都是騎機車撞斷了腿，要長期復健。還是要問一句：值得嗎？只是為了快一點，反而花更多時間，甚至犧牲生命。

快五十歲時，我才第一次到警察局，就是去處理車禍事件。也不過是為了快那幾分鐘，結果就被撞上了。事後的處理，可是非常麻煩，牽涉到警察局、保險公司、醫院，還要和解，通常要花上五、六個月時間，才能處理好，煩都煩死人了。只要小心謹慎一點，遵守交通規則，開慢一點，不就更省時間嗎？希望每個人都能規規矩矩，珍惜自己生命。

我騎機車、開車多年，從來沒發生過嚴重車禍。多年的經驗，有些心得：一、任何狀況，眼睛都不可以離開路面。二、該快時快，該慢時慢。新手往往不知道何時該快，何時該慢。其實很簡單，荒郊野外人少的地方，可以快一點，但不能超速。市區或是上下班、上下課時，人多擁擠的地方，當然要慢慢開。三、倒車、變換車道時要慢。主要是因車子有死角，常會看不到後面的人或側面來車。

每年馬路上死傷人數，比在戰場上還多。有人冤枉喪失了生命，有人成植物人，也有人截肢或受內、外傷。這真不值得！愈是進步的國家，人民愈守法，車子雖多，傷亡較少。反而是落後國家，人人爭先恐後，不守交通規則，這是可恥的。希望台灣能早日成為進步國家，人人知法守法，愛惜自己生命，也珍惜別人生命。

（九十五年十月廿九日）

問路

路在哪裡？就在鼻子下。鼻子下？嘴巴！對了，路就在嘴巴上。有了嘴巴，就可到處問路，不會迷路。除非是天天在家裡不出門，否則很少人不問路的。過去我們問了很多次路，未來還會問更多的路。

問路有些要注意的事，最重要的是，要問對人，要問當地人。路上那麼多人，誰是當地人呢？在中南部，看到穿拖鞋、汗衫，在路上閒逛的人，八成是當地人。騎腳踏車的，大概也是當地人。

還有就是要選人問。看起來慈眉善目，是問路的好對象。滿臉橫肉，刺龍刺鳳，最好避而遠之。

老婆有套問路哲學。她專問檳榔攤。她會先向檳榔攤，買罐維他露P或礦泉水，大約二十元。等老闆拿飲料來，要付錢時，她才問路。老婆說：「向他買點東西，再問路，老闆也高興。」這是種人情世故。

問路多年也遭遇一些怪事。有次迷路，看到路邊有位老先生，問路。老先生說：「不告訴你。」這可奇怪了，第一次問路被拒絕。詳細一問。老先生說：「你剛剛問路時，沒說『請』字。拒絕回答。」只好再說「請」字，老先生這才指點迷津。老先生還真有原則。

還有次問路，可是真高興。那是在福隆往金瓜石山上。我開著車，路愈走愈荒僻，又起了大霧，前途茫茫。開了很久，荒山野地，沒人、沒住家、沒車。路況良好，卻愈開愈心慌，不知是否迷路。好不容易，霧中出現車燈，來了一輛車，趕快攔下問路。路沒走錯，直開就到金瓜石，心頭才放下塊大石。

在報上看過個問路故事，真有趣。有人開車到南部玩，在鄉間迷路，看到路邊一位先生，就問路。誰知對方不說話，伸手比個五。不懂意思，一問，原來對方要五十元問路費。無奈之下，只好掏出五十元，問到路了。這人愈想愈不甘心，就說：「前面路還是要請你指點一下。你還我五十元，我給你一百元。」那人就將五十元還他。接回五十元，車窗一關，馬上開車溜了。

歷史上有個有名的問路悲劇。陔下之困，四面楚歌，項羽突圍而出，逃命時，向農夫問路。農夫騙他：「左。」左，就陷入大澤，追兵趕到，只得自刎。那農夫或許是間諜吧！否則，何必騙他。

通常男人似乎都不喜歡問路，或許是認為問路有傷自尊心。結果可想而知，男人常迷路，多走不少冤枉路。不過，最近衛星定位系統（GPS），非常暢銷。等到人手一台衛星定位系統，那大概就不會迷路，不必再常問路了。

（九十六年二月十八日）

聰明法子

有些人很聰明、有創意，能想出些法子，使生活更方便，對大眾有利。雖然我們不知道這些人的姓名、身分，但心裡充滿感激。

幾年前，去銀行、郵局或某些機構辦事，都要在櫃臺前大排長龍，腳酸心煩，有時還要和插隊人吵架。這幾年去辦事不必排隊，輕輕鬆鬆坐在椅子上等，還可以看看報、看看書。為何有如此改變呢？主要是改成抽號碼牌，先抽號碼牌，再照櫃臺上的燈號，依序辦理。我不知道是誰想出這法子的，真是聰明。只要花點小錢裝置設備，受惠者很多。

以前在紅綠燈前，等紅綠燈，心裡很煩，不知道要等多久，才會變燈號。這幾年很多紅綠燈上面，或行人通行燈下，裝了時間顯示器，標明要等幾秒。這也是聰明法子，讓等紅綠燈的人，能靜心等燈號變換。十多年前，我去中國大陸旅遊，看到每個紅綠燈，都有時間顯示器，當時就想台灣可以學一學。現在紅綠燈裝上時間顯示器，可能就是學大陸的，但不知道是誰的創意。

還有個聰明法子，和交通有關。以前汽車遇到紅綠燈停車時，常會越過停車線，壓到行人通行道，影響行人通行。這幾年，在很多路口，右邊停車線前，會畫一個大長方形框框，裡面有個騎機車的標記，是給機車暫停等綠燈的（有的地方，框框橫跨整個路面）。畫一個框框，沒幾個錢，但對交通改善幫助很大。右邊的汽車，很少會越過機車停車框框，當然更不會去壓到行人通行道。左邊的汽車，一看右邊車停那麼後面，就不會停太前面，也不會壓到行人通行道。一個簡單方法，就能保護行人安全。

有些創意很方便，但目前只有少數機構，或少數人做，還不普及。以銀行、郵局存摺為例，我們都習慣於用存摺，從來沒想過可以不用存摺。事實上，用存摺只是個習慣，印存摺要花錢，登錄存摺要花時間。在今天網路時代，到處都有ATM，存摺早就該廢除。據我所知，花旗銀行就沒有存摺，客戶並不覺得不方便，沒有存摺就不必擔心會弄丟、被偷。

中國大陸有個人想到，許多等電梯的人，都很無聊，只能呆呆的等電梯。這時如果電梯旁邊，有個東西可看，不管是什麼東西，都會引人注意。他就設立了廣告公司，專門在電梯旁邊做廣告，裝了個小螢幕，播映廣告，效果還很不錯。這也是個聰明法子。

森永牛奶糖，幾乎人人都吃過。但很少人注意過上面縱橫交叉的格子有何用處，大概都以為是裝飾的。其實，這是個重要創意。牛奶糖主要成本，就是牛奶加糖，但牛奶和糖的價格很不穩定，常常忽高忽低，森永公司不能隨時調整價格，也不能做出的糖突然變大，或突然變小。苦思之後，終於想出個法子，就是用縱橫交叉的格子來控制成本。材料貴時，格子稍微畫深一點；材料便宜時，格子稍微畫淺一點。每天生產的牛奶糖很多，只要每個稍微深或淺，就控制住成本了。這法子聰明吧！

（九十五年十二月十日）

海底隧道

二〇〇七年報載，俄羅斯政府有意和美國、加拿大在白令海峽，合建一條海底隧道，連結西伯利亞和阿拉斯加。這條海底隧道總長一〇三公里，將是世界最長海底隧道，建好之後，可以從北京坐火車直達紐約。

二〇〇八年報載，俄國首富耗巨資買了台世界最大的隧道鑽孔機，預備在白令海峽底修建隧道。海底隧道中，將有高速鐵路、高速公路、輸油管道，似乎俄羅斯已經準備開始興建這條海底隧道。

目前最長的海底隧道是英法海底隧道，全長五十公里，海底部分有三七公里長，是火車專用隧道。一九八七年十二月正式動工，一九九六年六月鑿通，大約花了三年半時間。這隧道將英國納入歐洲經濟圈，對英國經濟有很大幫助。

看到這些報導，想到一個問題，台灣海峽是否也可以修建海底隧道呢？事實上，十多年前，北京當局就已經提出「台灣海峽隧道」的構想，希望從北京直達台北。二〇〇七年福建方面已進入前期準備階段。

這構想最早是清華大學教授吳之明提出的，他是著名工程專家。他在一九九六年考察英法海峽隧道後，產生這一構想，並發表相關論文，引起熱烈響應。中國大陸已開過多次學術研討會，討論這構想。

籌畫中的台灣海峽隧道，有北、中、南三條路線，其中距離最近的是從福建平潭島到台灣新竹，全長約一三〇公里，是最可能興建的路線。這條海底隧道是英法海底隧道的三・五倍，比白令海峽隧道還要長，會有不少技術上難題。如果能完工，將是世界最長海底隧道。

要建台灣海峽隧道，當然不只是工程上的問題，還包括了海峽兩岸的政治局勢、經濟等各方面問題。就算目前無法興建，我想將來遲早會興建的，這條隧道應該對海峽兩岸人民都有利的。

理想中的海底遂道，最好是上層通汽車，下層通火車。一三〇公里距離，約一小時多就可通過。如果技術上有困難，那可以和英法海峽隧道一樣，只通火車。海底隧道應該很容易管制，一發現有特殊狀況，隨時可關閉，不怕軍隊利用海底隧道入侵。

將來有一天，台灣海峽海底隧道建好了。我們可以星期六上午，開車或坐火車，一個多小時就到大陸。觀光旅遊或採購物品後，可以在當地住一夜，星期日下午回台灣。在大陸的台商也可以經常回家。這可真是「第四通」，不知道會帶來多少經濟利益，期盼能早日有這條海底隧道。

（九十七年三月三十日）

小心幼兒意外

三、四歲幼兒，活動力強，對外界事物，充滿好奇心，似懂非懂，常會做出突兀舉動。照顧時，要特別小心，以免發生意外。

幾年前，台中曾經發生過幼兒窒息車內的悲劇。中午時，媽媽開車帶著幼兒外出買東西，車子停好，媽媽一下車，幼兒就從內把車子鎖住了，車門打不開。幼兒在車內哭，媽媽慌了，不知如何是好，趕快去找鎖匠。中午，太陽曝曬，車內溫度可到四十多度。等鎖匠趕來開鎖時，幼兒竟然在車內窒息而死。因為媽媽一時大意，釀成悲劇。

當事情一發生，車門打不開，應該當機立斷，立刻打破車窗救孩子，找鎖匠太慢了。車子後座車窗，有塊小玻璃，只要打破這塊玻璃，手就可伸進去，將後座門打開，孩子就可救出來。每位駕駛者，都要有這小常識。

前幾天，鄰居也發生件幼兒意外，還好有驚無險，平安解決。鄰居人口簡單，一對年輕夫妻、三歲幼兒、奶奶，平常就四個人在家。每天早上，夫妻上班，奶奶照顧幼兒，台灣很多這種家庭。

這一天，奶奶到門口丟垃圾，奶奶一出門，幼兒就把門鎖上。鑰匙在屋內，奶奶沒帶出來，無法開門進去。後來年輕爸爸趕回來，拿出鑰匙，卻無法開門。門有兩道鎖，上面的鎖，可以從外面開，下面的鎖，只能從裡面開，孩子鎖的是下面的鎖，外面打不開。偏偏孩子幼小，鎖上了門，就不會開門，從外面教她，她也不懂，門就是打不開，後來有人建議去找鎖匠。其實，為了防竊賊，這種鎖設計精良，鎖匠來也打不開，除非用暴力破壞門鎖。

這時小女孩關久，不耐煩，開始哭了。幾位鄰居圍著想辦法。這是連棟透天四樓住宅，一樓、三樓、頂樓都裝了鐵窗，二樓沒裝鐵窗。有人建議拿梯子來，從二樓爬進去開門。最後的解決方法，是隔壁鄰居從後面越牆爬到小後院，然後再爬進去，終於把門打開，解決問題。

這件事，給我了個警惕。除了小心幼兒把門鎖住外，所有住宅都一定要有兩個出入口，萬一一個出入口被鎖住，還要有第二個出入口可出入。千萬不要用鐵窗把出入口都堵住，萬一發生緊急事情，還真是求救無門。

另外還要特別注意，千萬不要帶幼兒到人多的地方去。台灣每年有很多幼兒，在人多的地方走失。

（九十四年八月廿一日）

卷五　科技

電腦硬體經驗

許多人都有硬體恐懼症，對電腦硬體無可奈何，認為硬體是專家的事，最好避而遠之，只要懂軟體就夠了。我原來也有硬體恐懼症，後來想想，只懂軟體還是不夠，要有些硬體知識，能自己動手換零件，省點錢。

於是，在十多年前，正確時間是八十五年七月，我決定自己組裝台電腦。去書店買了兩本組裝電腦的書，又去買了些電腦零件，都選大廠牌，挑最好的，共四三〇〇〇元。花了大約一星期時間，慢慢看書，慢慢組裝，邊裝邊摸索學習，反正不急，慢慢來。皇天不負苦心人，花了不少嘗試錯誤時間，終於組裝好了。再來就是設定BIOS，裝作業系統，灌軟體，就可以用了。

組裝電腦對專家、電腦科系學生，輕而易舉，可是當時我已經四十多歲，組裝電腦對我來說並不容易。我是學文的，研究所畢業還沒碰過電腦，那時根本沒個人電腦。學校畢業多年後，出現個人電腦。我曾利用暑假，去中央大學參加過一個月的電腦營，學的是DOS。電腦變化速度很快，後來又有Win95、Win98、WinXP，我都靠看書、找人請教，自修摸索，遇過不少問題，大都能設法解決。

現在是九十六年十一月，當年組裝的電腦，放在樓下客廳，還可以使用。書房電腦更新，速度更快，平常我都用書房電腦。當電腦需要加裝記憶體，拆開機殼就裝。要裝硬碟、光碟，也沒問題。要改BIOS，隨時可改，都難不倒我。我已經沒有硬體恐懼症了。

八十五年裝的電腦，買的零件都是當時最好的，較貴的。主機板買的是大廠牌，我和一般人一樣，以為大廠牌較好。裝好用了幾年後，有天電腦突然出問題，印表機印出亂碼，數據機無法撥接上網，其他功能都正常。跑去電腦店找人一問，可能是主機板有問題。唉！我買的是大廠牌，最好的主機板，怎麼會故障？為了兩個故障地方，要換掉主機板太可惜。後來買了張威武卡，插在主機板上，又將BIOS主機板印表機、數據機功能關掉，改用威武卡。沒想到這樣一弄，竟然可以正常使用了，省了換主機板的錢。

還有次硬體經驗。家裡裝了路由器，裝在二樓，再拉線到一樓、三樓，是向全國電子買電腦時，請全國電子工程師來裝的。買的路由器是大廠牌，裝好後，用了幾年都沒問題。有一天，沒預警，突然不能上網。找了中華電信來查，線路沒問題，ADSL運作正常。排除其他可能後，唯一可能是路由器壞了，大廠牌也一樣會壞。拆下路由器，想送修。到維修中心一問，維修錢和買新的差不多，乾脆買台新的回家裝。裝好後才發現，原先的設定沒儲存，要一一重新設定。我書房電腦裝了約十種伺服器，都要重新設定，真是煩死人了。全部設定好後，趕快將設定儲存起來，萬一又有同樣狀況，就不需要重新設定。

這兩次硬體問題，都解決了，只是花了不少時間。從這兩次經驗中，我知道大廠牌未必可靠，也一樣會壞，有些只是浪得虛名，不必太崇尚名牌。

（九十六年十一月十一日）

電腦的麻煩

隨著個人電腦的普及，幾乎各公司行號、機關學校、家庭都有電腦，都使用電腦。固然電腦帶給生活、職場很多便利，但也帶來許多麻煩，甚至還會影響身體健康。

首先，就是資料的損失。資料損失的原因，或許是操作不當、電腦中毒、硬碟損毀，或許是外在因素。資料損失，後果很嚴重，許多辛辛苦苦收集來的資料，可能一夕之間，化為烏有。要避免資料損失，最重要的就是備份。大公司可用磁帶機，個人可用光碟、隨身碟，或第二顆硬碟。備份的資料，最好存在不同地方，以免遭受水災、火災、地震，備份資料也損毀。從備份角度看來，將來利用網路儲存備份資料，或許是大生意。就像租保險箱一樣，公司可租個網路保險箱，放備份資料。

其次，是資料外洩。駭客入侵，資料可能被竄改、外洩；木馬程式等惡意軟體，可能盜取資料。FOXY等P2P軟體，也可能洩露電腦中資料。還有就是公司、機關報廢電腦時，硬碟要處理好，否則資料很容易外洩。資源回收筒刪除的資料，有軟體可以救回。格式化硬碟，有軟體可以unformat。必須用特殊軟體，把硬碟徹底破壞，才能避免資料外洩。最好是報廢電腦前，將硬碟拆除，另外處理。

第三，是電腦、網路誘惑年輕人犯罪，很多年輕人不知不覺就陷入法網。最常見的是貼色情圖片、連結色情影片，一被網路警察抓到，就會移送法辦。在網路亂發議論，罵人或威脅要殺人，留言的人以為抓不到他，結果往往是被網路警察透過IP查出來。還有就是警察冒充網友，在網路上守株待兔，抓援交的人。另外，入侵別人電腦，當駭客，是犯法的。還有利用網路拍賣、購物，詐騙網友。沒電腦、沒網路前，沒有這種犯罪模式。

第四，是各種電腦病毒、木馬程式、間諜程式等惡意軟體，使電腦中毒、當機，帶來很多困擾。有些電腦沒裝防火牆，被入侵，變成僵屍電腦，被利用發廣告信，卻不自知。有時則是首頁被鎖住，或是電腦反應變慢，被破壞。如果裝好防火牆、防毒軟體，不亂上網站，不亂開電子郵件附加檔，就比較不會中毒。

有時候，用電腦比較慢，反而不如查紙本快。比如查個資料，要先開機，等開機就要花時間，還好一般公司上班時電腦都不關機的。

電腦雖然有這麼多麻煩，但在今天似乎無法脫離電腦，還是要天天用電腦。尤其有了網路之後，查詢資料極為方便，坐在書房幾乎就可擁有整個圖書館；某些網站或轉寄來的電子郵件，讓人大開眼界，這些都是以前人想不到的。MSN、即時通訊軟體，可即時通訊。Skype等VoIP軟體，可打網路電話。這些都會改變生活模式，影響人類生活。整體說來，有電腦真好。

（九十六年五月六日）

靈光一閃

辦公室四個人，每人都有一台桌上型電腦，這時代沒電腦似乎就無法辦公。這幾台電腦都是二〇〇二年買的，速度慢，一時沒經費買新的，只好勉強使用。

我用的這台電腦，最近速度愈來愈慢，先用掃毒軟體掃過，又用優化軟體處理過，速度快了點。過幾天，速度又變慢了，要再來一次，實在麻煩。辦公室還有台電腦，是我從研究室搬來的，比較新，速度較快。

星期三下午，我決定要換電腦主機。換好後，先安裝防毒軟體，然後裝兩台印表機驅動程式。一台是我桌上的噴墨印表機，一台是網路雷射印表機。

雷射印表機有驅動程式光碟，沒問題；噴墨印表機找不到驅動程式光碟，只好到HP台灣公司下載驅動程式。安裝驅動程式應該很簡單，十分鐘就能裝好。

下載HP Officejet Pro K850驅動程式後，開始安裝，裝好後，印表機沒動靜。只好解除安裝，再安裝一次，還是不行。試了再試，一個多小時過去了，印表機還是不動。這時下班時間到了，就下班回家。

回家想來想去，一定是忽略了某些步驟。第二天早上到辦公室，再安裝一次。安裝時仔細觀察，發現要安裝到某一步驟，再打開印表機電源，插到USB上。

發現問題所在，我以為能解決了，趕快再安裝一次。我高興的太早。安裝到百分之九十時，跳出一視窗，顯示需要某一檔案。試了幾次，還是如此。

這問題已超出我能力之外，只好打電話給電腦公司工程師，請他來幫忙安裝驅動程式。快十一點時，工程師來了，我有課，把問題告訴他，就去上課了。

下午上班，發現網路印表機裝好了，噴墨印表機還是沒裝好。許小姐說，工程師下午還會來。我又試了幾次，上網找到需要的檔案，還是裝不好。打電話給HP，接電話服務員說，可能是防毒軟體問題。我正在移除防毒軟體時，工程師來了。

工程師又弄了一個多小時，還是不行。工程師說，可能是系統問題，要重灌系統。我問要多少錢，他說一般是一二〇〇元。我遲疑。他爽快說免費算了。我說，我再試試，如果還是不行，明天重灌系統。

下班後，我留在辦公室繼續試。上網找到需要的檔案，安裝後，又出現訊息，需要另一檔案。又上網去找，裝好三個需要檔案後，我想這樣不是辦法，不知道還需要幾個檔案。靈光一閃，想到一直在台灣HP公司下載驅動程式，何不到美國HP公司試試？連到美國HP公司網站後，發現有兩個K850驅動程式，一大一小。我先下載小的，解壓縮一看，需要的檔案都在裡面，很快就安裝好。一看錶，已經晚上七點多了。

在下載K850驅動程式前，我又打了兩次電話給HP，問為何無法安裝？第一次答案是下載不完整，第二次答案是系統有問題，和工程師說法一樣。這些答案無法解決問題，最後還是靠自己嘗試，解決了問題。每解決個問題，就多點經驗，知道不能只在中文網站下載，必要時要去英文網站下載。

（九十七年六月一日）

穿戴式電腦

桌上型電腦，體積太大、太重，無法隨身攜帶。筆記型電腦攜帶方便，但還是太重。穿戴式電腦（Wearable Computer），可能是最理想的電腦，這種電腦已經推出一段時間，產值在擴大中。

電腦是由螢幕、主機、鍵盤、滑鼠、喇叭等幾部分組成。主機包含機殼及主機板，主機板上有不少晶片、零件，有些是內建的，有些是插在主機板上的。如果想要把電腦，變成穿戴式電腦，需要重新設計。機殼可以不要，主機板應該要拆散，零件縮小。滑鼠可以省去。鍵盤要縮小，改用軟鍵盤。電池要單獨處理。除了鋰電池外，外套也可以裝太陽能板，產生電力，供穿戴式電腦之用。腰間可戴個走動發電設備，產生電力。

螢幕最難處理，最簡單方法應該是把螢幕縮小到一本書尺寸，隨身攜帶。或者改用投射式螢幕，直接把螢幕投射到牆壁上。還有個方法，把螢幕和眼鏡結合，直接戴在頭上。或用電子紙技術，做出可捲的螢幕。

人身上，有那些地方可藏晶片、零件呢？上衣、褲子都可藏，最重要的應該是外套、背心。一件外套可以藏不少晶片、零件，又容易脫掉。另外，還有手錶、皮帶、鞋子，都可以置入晶片、零件。這些晶片、零件，要儘量做到輕薄短小。不同晶片、零件間，可以透過藍芽，無線連結。

美國VDC公司認為，穿戴式電腦必須符合五個條件：一、具有一個CPU硬體。二、具有可自行設定功能的軟體裝置。三、系統可穿戴於使用者身上。四、具有有線／無線通訊裝置使穿戴者使用電腦。五、穿戴智慧型紡織物，具有GPS，RF或不同目的的感測晶片。

以今天技術來說，穿戴式電腦所需之技術，都已經具備，比如藍芽，RFID技術，投影技術等等。穿戴式電腦，可整合這些技術，將電腦穿戴在身上。再換個角度來想，穿戴式電腦不一定要用傳統電腦觀念，或許可以用完全不同的觀念，來設計穿戴式電腦。

還有個重要關鍵，應該是重量和外觀。重量太重，穿戴的人會受不了，一定要很輕。外觀應該和一般人差不多，不能太特殊，引起異樣眼光。穿戴、脫卸要容易，時間要短，要便利。還有就是電腦產生的電磁波，必須對人體完全無害。

有了穿戴式電腦，我們日常生活，會有很大改變。隨時有電腦可用，處處可上網，可收發電子郵件，可用網路電話，可輸入文字，聽MP3，錄音，照相，看影片。只要電腦能做的事，穿戴式電腦應該都可以做到。

就商機來看，美國VDC公司報告，二〇〇一年全球市場規模值為〇・七億美元，推估年成長率為百分之五十一，二〇〇六年將達五・六三億美元。可見需求量大，成長快速。

最後還有個問題，到底需不需要穿戴式電腦？我們真的需要隨時用電腦，隨時帶電腦嗎？這樣的生活，會更幸福嗎？這些問題，也要深入思考。畢竟有很多人完全不用電腦，日子也過得幸福快樂。

（九十六年十月廿八日）

OLPC與Eee PC

這兩台筆記型電腦，都是台灣產品。OLPC是廣達電腦代工的，Eee PC是華碩自有品牌。OLPC在今年（九十六年）出貨，Eee PC在十月十六日上市，一上市就搶購一空。

OLPC是One Laptop per Child的縮寫。二〇〇五年一月，為解決第三世界國家兒童數位落差，麻省理工學院多媒體實驗室尼葛洛龐帝教授，提出一〇〇美元低價電腦構想，後來又成立非營利組織。這是個偉大的構想，引起全球矚目，實施之後，對第三世界國家兒童教育，應該有極大幫助。但構想提出後，遭受很多批評，有人認為不適合第三世界國家狀況。二〇〇五年十二月，廣達電腦接到訂單，開始開發、製造生產。

這台電腦原來是綠色外殼，現在有多種顏色外殼，採用Linux作業系統，七・五吋螢幕，無硬碟，可上網，電池使用時間約二・六到三・五小時，重量約一公斤。學童在教室內，可以不上網無線互傳訊息。考慮第三世界狀況，有外接充電設備，可以手搖發電。原來計畫是大量生產，降低成本，每台售價一〇〇美元。可是因為諸多因素，今年底出廠的OLPC，售價可能在一八八美元，預計前十二個月出貨目標，超過一千萬台。只賣第三世界國家，台灣買不到。老實說，我家兩位小寶貝也很需要這台電腦，縮小數位落差。

Eee PC是華碩自有品牌，Eee是指Easy to Learn、Easy to Play、Easy to work，又叫易PC。Eee PC有四種規格，採用Linux作業系統，七吋螢幕，重量九二〇公克，不到一公斤，電池約可使用三・五小時。華碩還要推出九小時電池機種，也會有WinXP作業系統機種。華碩電腦網站，提到Eee PC「強大功能輕鬆隨身」、「最多樣的娛樂能量」、「長輩孩子都能上網」、「簡單工作，效率無限」。十月十六日上市的是4G的Eee PC，售價一一〇〇〇元。Pchome、Yahoo、燦坤、順發3C都在賣。十一月底還有其他機種上市。

Eee PC價格還是太貴，理想價格應在一萬元以下。目前可以和Eee PC相比的是大眾電腦CE260，Windows XP or Vista作業系統，七吋觸控式螢幕，30GB硬碟，有可擴充模組，目標重量低於八五〇公克，電池可使用五到六小時。價格約四五〇至六〇〇美元，九十六年八月會在歐洲、中國大陸銷售，台灣不賣，實在可惜。另外還有日本工人舍（KOHJINSHA）SH8WP12A觸控迷你電腦，有觸控、翻轉螢幕，120GB硬碟，重量約九九三公克，電池可使用三・一小時，價格要三六八〇〇元，掌神工坊可代購。

其實，筆記型電腦最重要的只有兩點，一是重量輕，攜帶方便，二是電池要八小時以上，上班時間不怕沒電，當然還要能上網，其他配備沒那麼重要。可是筆記型電腦廠商，始終弄不清楚顧客需求，一直生產大螢幕，多配備的筆記型電腦。或許等Eee PC大賣之後，筆記型電腦廠商才會弄懂顧客需求。

（九十六年十月廿一日）

補記：寫這篇文章時，只有掌神工坊可以代購工人舍，後來工人舍大舉進入台灣，很容易買到。

十三年的網路生涯

民國八十年十二月，台灣學術網路（TANet）以數據專線連接普林斯頓大學，再和網際網路（Internet）相連，台灣網路元年創立。隔年，我就開始了網路生涯。

剛開始，我迷上BBS，常在BBS站上逛來逛去，流連忘返。認識不少網友，參加了幾次網友聚會。其中有一位網友，我印象最深刻。他在美國讀博士，偶然從美國連回台灣，在BBS站遇到了我，相談甚歡，後來他就常常來BBS站聊天。隔了半年，他拿到博士學位，帶著妻兒回台灣，我們才第一次見面，還去他家叨擾了幾頓飯。幾年之後，我慢慢失去對BBS的狂熱，現在只是偶然上BBS站聊天，還常遇到以前認識的網友。

後來出現了全球資訊網，我對HTML網頁非常好奇，想弄清楚是怎麼設計的。買了幾本書，慢慢摸索，設計了四個網站。今年又想到，我只會用客戶端，完全不懂伺服端。又買了些書，開始學著安裝伺服器。花了不少時間、工夫，終於裝了網頁、電子郵件、FTP站、網路硬碟、貼圖網站、BBS站等伺服器。

我都是自修學設計網頁、安裝伺服器，常會遇到問題。有時花幾個星期，看書、上網找資料、向網友請教，還是無法解決，挫折感很深。後來堅持到底，一試再試，才終於解決問題，真是吃盡苦頭。

還記得剛上網時，網路環境相當的差。作業系統是DOS，撥接用2400bps數據機，速度很慢，撥接軟體用TELIX。寄電子郵件、傳輸檔案都困難，要先連到電腦主機，用UNIX指令。當時沒有全球資訊網，沒有瀏覽器，沒有Outlook。

十三年後的今天，網路已經面貌全新，有了ADSL、IE、Outlook、MSN、Skype、部落格、電子商務、網路銀行、數不清的網站。網路已經成為強大的力量，透過網路，可獲得無法想像的知識。現在的年輕人，手中握有網路，如果會善用網路，將來一定會勝過我們這些四年級生。

未來的網路，更是令人期待。我預測未來的網路有三趨勢：第一，上網速度愈來愈快，可直接在網路上看電視、影片。第二，無線網路普及，處處可上網。第三，會出現一種軟體，把瀏覽器、電子郵件、傳輸檔案、即時通訊、BBS、網路電話，全部整合在一起，請拭目以待吧！

（九十四年六月十九日）

MSN與MSN即時熱線

MSN是種即時通訊軟體，類似的軟體有即時通，但我最喜歡用的還是MSN。在台灣，國中、高中生喜歡用即時通，大學生、上班族喜歡用MSN。現在即時通和MSN可以互通。

在早期還有個即時通訊軟體叫ICQ，後來被AOL（美國線上）買去，用的人逐漸減少。受到ICQ影響，中國大陸發展出的即時通訊軟體，就叫QQ。

說是即時通訊軟體，其實MSN和Skype、Google Talk一樣，可以打網路電話，可以用網路攝影機，也可以傳輸檔案，功能強大。不過，我最常用的還是傳即時訊息，或傳點檔案，其他功能較少用到。

用MSN來即時通訊，是種新的經驗。只要是在MSN上的連絡人，不管人在那個國家，距離有多遙遠，只要對方打開電腦，一上MSN，馬上就出現登錄訊息，就可以傳送立即訊息給對方，雙方就可聊天。

就因為MSN的便利性，很多人迷上MSN，隨時和連絡人聊天。如果連絡人不在線上，也可以傳送離線訊息給連絡人，等連絡人上MSN就可看到。一些聰明廠商，為了滿足隨時用MSN的需求，設計出MSN專用的手機，如：Ogo。買台Ogo就可廿四小時掛在MSN上，而且用MSN還是免費的，唯一遺憾是鍵盤太小，輸入文字較慢。

最近，我發現了MSN的新玩意，MSN即時熱線，是MSN的新功能。要設定很簡單，先到http://wowimme.spaces.live.com，看了「認識MSN即時熱線」的說明，選「馬上試試」。登入之後，在「允許在網路上的任何使用者看見我的狀態，並可傳送訊息給我」前面打勾，按儲存。再選左邊「建立HTML」，「選擇您的網頁要顯示的控制項」，我選最右邊一個。然後就可「將HTML複製到您的網頁上」，整個設定過程就好了。

這時就必須要有一點功力，只要你會設計網頁，就會將HTML貼到網頁適當位置，工作就完成了。網站、部落格都可加上MSN即時熱線，當別人到你的網站時，點選小綠人，輸入帳號、識別文字，就可以直接和你在線上聊天。更妙的是，如果你不在線上，小綠人會變成灰色。如果MSN狀態是忙碌，小綠人上也可看到。唯一遺憾的是，許多MSN功能無法使用，或許將來會改進。

這新功能對廠商非常有用，可以即時和顧客溝通，立即解答顧客疑難。政府機構也可用MSN即時熱線，來便民服務。老師也可用MSN即時熱線，即時回答學生問題。甚至個人網站，站長也可用MSN即時熱線和網友即時溝通。陸陸續續有些網站，已經加入MSN即時熱線，將來會更普及。

（九十七年十二月七日）

略談網頁設計

我好奇心很強，剛剛出現全球資訊網的時候，我看到那些圖文並茂的網頁，就很好奇，想知道是如何設計出來的。

於是，我到書店買了幾本網頁設計的書，自修學習設計網頁。我的第一個網站，真是絞盡腦汁，一改再改，花了不知多少時間，才終於設計好。第二個網站，就簡單多了，到現在，我已經設計了四個網站。

設計網站並不難，稍微有點電腦基礎的人，都能設計出自己的網站。我常常鼓勵人學習設計網頁，甚至也免費教人設計網頁，我也寫了個「網頁設計入門教學網站」。我認為將來人人都要有自己的網站，沒網站的人就落伍了。

為什麼要學網頁設計呢？主要目的，除了自己架設網站外，更重要的是可以自己維護網站。會架設網站，就會維護網站。維護網站非常重要，設計網頁容易，維護網站困難。

我們可以花一筆錢，請專業人員設計很漂亮精緻的網站，但維護就很麻煩。每次要增加、修改、變更任何資料，都必須再找專業人員協助。就一般人來說，請人設計網站既浪費金錢，又浪費時間，維護網站又困難，很不划算。

網頁設計入門，其實很容易，大約只要花四小時，就可學會入門工夫，可以架設簡單的網站，自己當站長。但是，網頁設計進階就很難。不過，就一般人來講，只需要架個簡單實用的網站，網站的內容比美觀更重要。

網頁設計的基本概念如下：

一、網頁主要是由文字、圖片構成。設計網頁就是將文字、圖片放在適當位置，如同玩拼圖遊戲。文字可調整大小、顏色。圖片常用GIF、JPG，每一圖片約5k，不要太大。

二、第一頁叫首頁（homepage。早期翻譯成烘焙姬），網頁設計重心在首頁。其他叫網頁（web page）。要設計出很漂亮的網頁，必須有美工基礎，會用美工軟體。網頁的內容及維護，比較重要，不要花太多時間設計首頁。

三、設計網頁的三步驟：1、先在自己電腦中設計（用記事本即可）。設計好後，用瀏覽器看，重覆修改。2、用FTP（或WS-FTP）將網頁傳至主機。網頁目錄為www，首頁名稱通常為index.html。3、到搜尋引擎登記。如不登記，可將網址告知親友、學生。

想要學習設計網頁，請到我寫的「網頁設計入門教學網站」參觀，裡面用最簡單的文字、最簡單的方式，一步步教導初學者學會網頁設計，架好自己網站。網址是http://web.ntit.edu.tw/~chwang/door/homepage.htm

（九十四年十二月四日）

手機好了

上個月腳麻，去醫院照MRI（核磁共振）。換了衣服後，將脫下衣服放入寄物櫃時，一不小心，我的PDA手機竟然滑落，從胸部高度，直接摔到地面。

趕快揀起來，一看，還好玻璃沒碎，再仔細檢查，外表沒撞傷。但是，一開機，慘了，螢幕出問題，不停上下跳動。這時輪到我照MRI了，將PDA手機放好，先去照MRI。

回家後，發現手機時好時壞。放著不動，幾分鐘後，可以正常使用。但只要輕輕一移動，螢幕就開始上下跳動。隔幾天，上台北開會，手機狀況還是不穩定，有時可以打電話，有時又不能用。

回台中後，手機正式宣告壽終正寢，螢幕出現很多線條，無法使用。搖它、敲它、擺平它，都沒用，手機沒反應，只好送修。

到了服務中心，小姐一查電腦，滿臉狐疑問：「這手機確實是我們的嗎？」我說：「請看背後編號。」小姐查了後說：「對不起！電腦資料註明這台手機沒零件了，不能修。」

這手機是五年前買的，宏達電出品，是台灣最早的PDA手機。當時搭配台灣大哥大門號，花了一萬多元。三．五吋螢幕，能聽MP3，可看影片，可錄音，但沒相機。這五年來，我保護的很好，去年才剛花筆錢，換過外殼。現在壞了，沒零件修，如何是好？

我想到曾在NOVA附近一家手機店，換過PDA手機電池，或許那家店可以協助送修。去了那家店，店裡說：「送工廠修修看。」只好死馬當活馬醫了，或許還有起死回生希望。

隔幾天，老婆說：「工廠打電話來說沒零件不能修。」又過了幾天，手機店通知，手機送回，可以去拿手機了。

抽空去拿回手機，試著開機，發現完全沒電了。不死心，充飽電，再試。哇！世界果然有奇蹟，我遇到奇蹟了，手機竟然好了，完全正常，可以使用。沒花錢修，自動復原，太神奇了，只是原來資料全部消失了。

後來仔細想想，我的PDA手機是第一代PDA手機，二〇〇二年製造的。當時技術還不夠成熟，手機電力完全耗盡時，資料會消失，恢復原廠設定。在寄送工廠途中，幾天沒充電，所有電力都用完了，手機回到出廠狀況，跳動的螢幕就好了，一切正常。

電子產品都怕摔，我要更小心用手機，千萬不要再摔手機。希望這手機能再陪伴我很多年！

（九十七年一月二十日）

MP3錄音手錶與第三代手錶手機

手錶重量輕，體積小，便於攜帶。如果將手錶和電子零件結合，變成多功能手錶，外觀和一般手錶一樣，更為實用。

過去已經有隨身碟手錶，將隨身碟與手錶結合，但功能不夠強大。現在又出現了MP3錄音手錶、手錶手機。

MP3錄音手錶，顧名思義，就是能錄音，能聽MP3。512MB可錄音二十小時。厚度約一・三公分，錶面直徑四公分。除了錄音、聽MP3外，還可當隨身碟用，容量從128MB到1G。128MB要一九九〇元，1G要四一八〇元，藍芽無線512MB要五二八〇元，比一般錶貴，比名牌錶便宜。充飽電後，約可連續使用九小時，足夠一天使用。

手錶手機就更新奇了。除了打電話外，可以顯示時間、聽MP3、看影片、錄音、照相、當隨身碟，簡直就是台超小型電腦。可惜受到體積限制，似乎無法直接輸入文字資料。

第一代、第二代手錶手機，我沒看過圖片，不知道長什麼樣子。第三代手錶手機從圖片看起來，和一般手錶差不多。掛的是HYUNDAI（現代）韓國品牌。螢幕是一・三吋觸控螢幕，錶帶藏有觸控筆。

這台HYUNDAI W100手錶手機機身可拆下來，搭配鍊子，當項鍊掛在脖子上。還可支援micro sd卡。雖然有拍照功能，但照片品質不佳。HYUNDAI W100手錶手機價格較亂，有特價五八〇〇元的，有賣到九〇〇〇元的，在網路上可買到。

除了HYUNDAI W100手錶手機外，最近幾個月，又有多款手錶手機出現，有一・五吋錶面的手錶手機、COOL M300手錶手機、項鍊手錶手機M600、藍芽手錶手機M700、M800手錶手機、CECT W100藍芽手錶手機、CECT F88手錶手機，種類更多，功能更強大，價格更便宜。

我想，手錶手機最大問題，可能是對著手錶說話很奇怪。自從有藍芽耳機後，有時會突然看到有人自言自語，尤其是女孩子，頭髮一遮，看不到藍芽耳機，只見到人在自言自語。現在有手錶手機，將來看到一個人對手錶說話時，不要覺得奇怪。當然如果用藍芽手錶手機，就可以不必對著手錶說話，方便多了。

買這些新奇產品要注意保固、維修問題，壞了沒地方修很麻煩。還要考慮是否能防水。還有就是所有電子產品都怕摔，要注意不能摔。

除了這兩種錶外，美國最大手錶製造商Timex的手錶設計比賽，得獎的是指甲錶。和紙片一樣薄的超薄顯示器，貼在指甲上，上面有時間、日期，還可以變換顏色，這大概是世界最小的錶了。這種指甲錶，主要是用電子紙（或稱電子墨水）技術，台灣的元太公司專門生產這種電子紙。

這幾種錶已經很新奇了，隨著科技進步，或許還會有更特殊、功能更強大的錶出現，當然價格可能更貴。或許將來有一天，一隻錶會有整台電腦功能，那就不需要隨身帶笨重的筆記型電腦了。

（九十七年一月六日）

輕薄短小

輕薄短小，是種趨勢。尤其是電子產品，更是努力做的又輕又薄又短又小，才能暢銷。MP3播放器，已成為尋常產品，年輕人幾乎人手一台。最近，出現了兩台MP3播放器，小到、薄到不可置信。

一台是新加坡Creative公司的產品ZEN Stone，台灣已上市，1G容量售價一六九〇元。更神奇的是ZEN Stone Plus，2G容量售價二八九〇元。ZEN Stone Plus在美國、中國大陸都已上市，台灣Creative分公司網頁上，一直寫著「暫時缺貨」。

這台ZEN Stone Plus有OLED顯示幕，2G的容量，可以存一千首歌曲，有FM，還可以連續播放九・五小時，可以當錄音筆。這些功能並不稀奇，很多MP3播放器，都有這些功能。ZEN Stone Plus特別的是體積和重量，只比手錶表面大一點，重量只有廿一公克。那麼多的功能，存在輕薄短小的機身裡實在不簡單，是高科技的結晶。

最近還出現種超薄的MP3播放器，薄到和信用卡差不多，可以放在皮夾裡。台灣也出現過超薄的MP3播放器，也是新加坡Creative公司的產品，我買過一台，厚度約〇・六公分。但最近出來的超薄的

MP3播放器，尺寸是八十五・六×五三・九八×二・三公釐，比Creative公司產品還要薄。

這種超薄MP3播放器，台灣已上市，可以買到。容量不同，售價不同，1G要一四九九元，2G一九九九元，4G三一〇〇元。這台MP3播放器的特色就是薄，厚度〇・二三公分，只比信用卡厚一點，是全球最薄的MP3播放器。十個以上，就可以免費印logo。不過，如果當名片送人，成本太高了。

台灣網站較少介紹這台MP3播放器，大陸網站倒有不少這台MP3播放器訊息。根據大陸網站的介紹，這台MP3播放器是Walletex公司的產品，二〇〇七年國際消費電子大展中展出，二〇〇七年六月上市，能防水防塵，可放在錢包裡，攜帶方便。播放機名字是Wallet Flash，可以連續播放五小時，還可更換外殼。重量很輕，只有十六公克。

隨著科技的進步，輕薄短小的產品，陸續出來，生活更便利。但想要買這些輕薄短小的MP3播放器，倒是要花不少錢。

（九十六年八月廿六日）

耳機

耳機是個小東西，但很重要。在台灣，每位年輕人都有幾個耳機，或是手機用耳機，或是聽收音機、隨身聽、MP3用耳機。年輕人隨身會帶耳機，幾乎每天都會用到耳機。

年輕人大概想不到，耳機曾經被禁止使用，用耳機是違法的。在我讀書的時代，有很長的一段時間，禁止使用耳機，學生都沒有耳機，用耳機會被抓。主要原因，是怕用耳機聽中國大陸廣播。還好那時代已經一去不回，現在可以大大方方用耳機。

耳機種類很多，有單耳的、雙耳的、耳塞式、耳道式、耳掛式、耳罩式、頭戴式、頸掛式、無線耳機、藍芽耳機、防噪音耳機、助聽器、耳鳴遮蔽器，真是「族繁不及備載」。

就價格言，有不到百元的小耳機，有高價的名牌耳機，如日本的鐵三角、德國的森海塞爾。鐵三角開放式高傳真立體耳機（ATH-AD1000），網路售價是一四九〇〇元。另外如「3210」（Westone ES3、Prophonic 2XS、UE-10 pro）耳道式耳機，售價在二萬元以上。至於全球最貴的耳機，大概是德國Ultrasone公司的Edition9耳罩式耳機，售價一五〇〇美元，約五萬台幣。這些高價耳機，幾乎都是耳道式或耳罩式。

耳機雖然方便，但帶來的傷害也很可怕。最主要的是傷害聽覺神經，這種傷害，以目前醫學技術，無法復原。年輕人只是為了聽聽喜愛的音樂，卻造成終身遺憾，真不划算。用耳機聽音樂，不要太大聲，每三十分鐘休息一下，絕對不要長時間用耳機，可避免傷害聽覺神經。

目前最好的防噪音耳機，是Bose QuietComfort 2，這是種耳罩式耳機，有「噪音免疫系統」，甚至可以濾掉飛機引擎聲。售價美金二九九元，在台灣要賣到一二〇〇〇元。QuietComfort 3已經出來了，採用「貼耳式」設計。這麼貴的耳機，買的人大概不多吧！美國有些直升機駕駛員，就是戴這種耳機。

我隨身帶著三個耳機，一個是手機耳機，一個是三・五插座耳機，一個是二・五插座耳機。這三個耳機插口都不同，不能通用。一般MP3用耳機是三・五插座耳機，但我隨身帶的PDA、數位相機、錄音筆是二・五插座耳機。我的手機，耳機插座又不同。其中二・五插座耳機最難買到。一般手機用耳機插座，是二・五的，但只有單耳，我需要的是雙耳二・五插座耳機。剛開始時到處問，甚至到台北光華商場問過，都找不到。後來在一次展覽中，終於找到雙耳二・五插座耳機，真是高興。後來雙耳二・五插座耳機，慢慢多起來，比較容易買到了。從耳機也可看出科技不斷在進步。

（九十六年二月十一日）

幾樣科技新產品

科技進步一日千里，各種新科技產品不斷出現。我生性好奇，對新產品最有興趣，從報紙、雜誌、書籍、網路上，看到許多新科技產品資訊。新科技產品，可增加生活便利，但剛推出的產品，價格相對高昂，可以等降價再買。

現代人出門，隨身總會帶著些電子產品，如手機、數位相機、MP3、PDA，有些人甚至帶notebook。這些電子產品，都需要用電，沒電就無法使用。

為了解決電力問題，有些廠商想到用太陽能來提供電力。以前曾出現過太陽能背包，要八千多元。現在市面出現了一種太陽能多功能充電器，是書本型折疊式太陽能板，可以放在汽車擋風玻璃內，售價二九九九元。除了能幫notebook充電外，也可幫數位相機、PDA等十二V產品充電。重量只有一公斤。不過，似乎不能幫手機充電，美中不足。

在學校、公司、會議中，都普遍使用投影機。有次去教堂，連教堂中都用投影機。演講時，幾乎每位演講者，都使用投影機。但是使用投影機有一大問題，就是投影機太重，再加上筆記型電腦就更重了。如果在會議室等有固定投影機地方還沒關係，在教室使用投影機就很麻煩了。還好最近有廠商解決了這問題。有間公司推出了插卡式投影機，可插SD卡，投影機不需連筆記型電腦，只有一點三公斤，便於攜帶，售價約三萬元，不便宜。還有一家公司，推出的投影機可直接放光碟片，將光碟片內容投射到螢幕上，不需連筆記型電腦。

投影的市場很大，還有很多發展空間。目前最大障礙，是重量和價格問題。如果重量能夠降到一公斤以下，價格降到一萬以下，那大概每位老師上課，都要用投影機了。其他產品，也可用到投影技術，比如投影手機，可將手機中圖片投影出來。

DocExpress，這是種專拍文件的攝影機，已經上市一段時間，價格始終跌不下來，一直都在一萬元左右。要將文件輸入電腦，一般是用掃描器。但掃描器不好用，體積又大不方便隨身攜帶。DocExpress可以折疊，重量輕，便於攜帶。要用時可展開，將文件放在下面，就可拍照，輸入電腦。

電子紙（E-Ink），是種熱門新技術，已有產品上市，價格不便宜。台灣有家元太公司專門生產這種產品，大陸成都有家公司用元太產品，製造電子書閱讀器。大小如Ａ４，可將電子書存進去，充電一次可以閱讀數千頁，還可以聽MP3，取名STAREBOOK，由十大書坊銷售。將來的電子紙，可能就像一張紙，可以折疊。早上出門前，可將新聞下載到電子紙，帶出去閱讀。第二天早上，再下載新的新聞，可重覆使用，少砍一些樹。

（九十六年五月十三日）

補記：二〇〇八年十月，奧圖碼科技推出PK-101掌上型投影機，十流明，重八〇公克（不含電池），最大投影六十六吋，約一四〇〇〇元。同月天瀚科技推出PocketCinema V10口袋劇院投影機，十流明，重一〇〇公克（不含電池），內建1G記憶體，可讀取SD卡，最大投影五十吋，約一一〇〇〇元。這兩台投影機體積都手機大小，可放入口袋，便於隨身攜帶。

天馬行空

閒閒無事，放任思緒漂浮，胡思亂想，如天馬行空，是人生樂趣之一。有時想到得意點子，不免暗笑；有時正有趣，突被打斷，怎麼也連不上，一笑置之。

且談談三件胡思亂想的點子，可說是些奇想。姑妄言之，姑妄聽之。就當是些生活趣事吧！不必質疑。

其一、全球定位多功能呼叫器。我很怕有事找不到老婆，請老婆隨身帶兩隻手機，但還是常找不到老婆。如果沒重要事，找不到也無所謂；遇到重要事，怎麼都找不到老婆，可真會急死人。有時是手機打不通，有時是手機通了老婆沒接手機。事後一問，或許是手機沒電了，或許是手機沒訊號，或許是手機放皮包中，沒聽到鈴聲。這個時代，隨時能讓人找到，似乎是種基本道德。

我想，為了能隨時找到人，應該發明一種全球定位多功能呼叫器，最好是手錶型，戴在手上。把常用功能整合在一起，能聽MP3、FM，又是隨身碟，能照相、錄音，有藍芽，有GPS，最重要的是有呼叫器功能。訊號進來，又震動、又響、又發光，一定可以找到人。以前CASIO有照相手錶，可惜畫素低，只能拍黑白。現在台灣可買到愛瑪藍芽無線MP3錄音手錶，可錄音二十小時，512MB要賣五九九〇元，但只能聽MP3、錄音，功能還不足。

其二、家庭電力整合系統。很多能源都不能再生，如煤、石油，必須珍惜。有些能源又白白浪費掉，沒能善用，如風力、太陽能，真是可惜。我這個奇想包含了：一、家用小型風力發電機。二、家用小型太陽能發電機。三、自動電力切換系統。有了這些，再加上電腦控制，就不怕停電了。

在電視上，看到蒙古草原人家，有小型的風力發電機，可以發電點亮燈炮。台灣城市裡雖然風不大，但我看到有一種落地招牌，風來就一直轉，這可以善加利用。家裡裝個小型風力發電機，就可轉風力為電力，再加上小型太陽能發電機，將太陽能轉成電力。然後要有個很好的電力控制系統，來自動控制電力公司的電、風力發的電力、太陽能發的電力。有風力電、太陽能電，就使用這兩種電，沒這兩種電時，自動切換到電力公司的電。積少成多，可省下不少電費，也善用了自然資源。

其三、衛生紙製造機。這更是奇想了。每個家中，幾乎都有些廢紙，如報紙、雜誌等。現在的作法，將廢紙當成資源回收，丟給垃圾車，很可惜。這些廢紙是紙，衛生紙也是紙。如有個衛生紙製造機，每家準備一台，將一般的廢紙，消毒後，製成衛生紙，那有多好。以後再也不必買衛生紙，可以省下不少錢。

這些都是天馬行空的胡思亂想，說不定真有個聰明人，能發明出這些東西，那就太好了。

（九十六年二月廿五日）

預測

這篇文章所謂的預測，是根據現在的科技發展，推測未來。當然必須對現在狀況，有某種程度瞭解，而且未來也不能有突然的大變化，否則預測就不準了。

有一件事我的預測很準。多年前，剛剛有手機出現，我忍痛買了台可以掀蓋的Motorola 8200，花了二四〇〇〇元，當時手機價格很貴。有次上課，我預測手機價格會一直下降，將來會人手一隻手機。話說完，全班學生露出訝異眼神，似乎認為我頭殼壞去，胡言亂語。手機一隻要上萬元，怎麼可能人手一隻，學生更不可能有手機。

幾年過去了，手機價格果然一直下降。Motorola 8200在中古市場，只剩幾百元，甚至根本找不到了。一元手機也出現了，年輕學生幾乎人手一隻手機，甚至國中、國小學生也有手機了。我的預測果然成真了，當年那些懷疑的學生看到今天狀況，不知有何感想。

現在我又做新預測，將來每位學生都會有台筆記型電腦，帶著筆記型電腦來上課，就像電影「金髮尤物」中，哈佛大學上課情形。而且學生在教室裡，就可直接上網。學生一聽，又像幾年前教的學生，露出不可置信的眼神，認為筆記型電腦那麼貴，怎麼可能人手一台，太不可思議。

其實，我做這預測，是有根據的。一方面是筆記型電腦價格一直下降，現在已經有二萬元左右的筆記型電腦；另一方面是美國麻省理工學院多媒體實驗室創辦人尼葛洛龐帝（Nicholas Negroponte）要推出一〇〇美元的筆記型電腦，嘉惠貧窮國家學生。而且已經成立了OLPC（One Laptop per Child）組織，台灣廣達電腦公司接到訂單，今年年底就要出貨，這很可能會引起筆記型電腦價格的再下降。幾年後出現價格幾千元的筆記型電腦，不足為奇。甚至有一天，可能會出現免費的筆記型電腦。

我還可以做一預測，將來有一天，家家都有個人飛行器，可以坐個人飛行器上班、上學、出遊，就像開車一樣方便。以目前狀況來說，國外已經有售價五萬美元的個人飛行器，即將上市，遲早有一天價格會跌到和汽車價格差不多，到時可能會家家都有幾台個人飛行器。

我還預測，將來有一天機器人會進入家庭，家家都有機器人，來協助處理家事，維護家庭安全。事實上，現在有些機器人已經開始進入家庭，如瑞典伊萊克斯（Electrolux）公司的「三葉蟲」（Trilobite）自動真空吸塵器、美國iRobot公司的倫巴（Roomba）機器人吸塵器，都有人工智慧，能自動將家庭打掃乾淨。

（九十五年七月廿三日）

倫巴與三葉蟲

有許多自動化工廠，用機器人來製造產品。一般人認為，機器人只在工廠中，很久以後才會進入家庭。其實不然，機器人已經開始進入家庭，而且是有人工智慧的機器人，但搖身一變，成了常見的電器用品——吸塵器。其中最有名的品牌，就是倫巴與三葉蟲。

倫巴是由美國麻省理工學院「媒體實驗室」研發，美國iRobot公司出品。iRobot是由MIT（麻省理工學院）的人工智慧研究室總監Rodney Brooks博士及兩位高才生在一九九〇年所創辦。宏碁投資iRobot約百分之十二、四〇〇萬美元的股份。倫巴外型像個扁扁的圓盤，高九公分，寬三十四公分，重二・五公斤，具有人工智慧自動運轉導航系統。在台灣由來思比企業股份有限公司總經銷，號稱「全球家用機器人的領導品牌」。

倫巴已經發展到第四代，名稱是Roomba Scheduler，有預約定時遙控，可預設七個不同的清掃時程。特色如下：不需人力操作，可自動清掃。有專利真空吸頭。自動偵測樓梯不會掉落。沙發、床底吸塵不費力。設定好後再外出，回家時，家裡已經打掃乾淨。

更妙的是，倫巴有個充電基地台，電力不足或清掃完成，會自動回基地台充電。還可壁掛收納，節省空間。有寶石藍等四種顏色。還有虛擬牆，可限定清掃範圍。公司貨都在百貨公司或HOLA和樂家居館販賣，網路上幾乎都是平行輸入的水貨。

所有物品都會有些缺失，倫巴也不例外。例如倫巴只能用於木質地板、磁磚、短毛地毯，也有人抱怨地板上毛髮捲入滾輪，不容易清理。價格也太貴，一般吸塵器也不過是一〇〇〇元左右，倫巴平行輸入的都要賣一四八〇〇元，公司貨應該更貴。在美國售價約一五〇到三三〇美元，比台灣便宜，常被買來當耶誕禮物，已賣出二〇〇多萬個。

三葉蟲（Trilobite）也是吸塵器，已引進台灣，但價格更貴，約六萬左右，由全球最大的家電製造商——瑞典伊萊克斯（Electrolux)製造。三葉蟲活在五億年前的寒武紀晚期，是海洋中會吃髒東西的節肢動物，這款吸塵器是三葉蟲造型。

三葉蟲吸塵器是利用超音波聲納來控制方向，閃避牆壁、桌腳等障礙物，沒電了會自動返回充電。高約十三公分，直徑三十五公分，重約五公斤，圓盤外觀。瑞典生產，目前只有紅色。

倫巴和三葉蟲功能差不多，但倫巴比較矮、比較輕，價格相對便宜。而且倫巴還有人工智慧，更有競爭力。不過，對我來說，這種高科技產品太貴，買不起，還是用掃帚掃地，省錢又可健身。

（九十六年一月七日）

淺談個人飛行器

人一直想飛離地面，萊特兄弟或是桑托斯・杜蒙特完成了人類夢想，發明了飛機。從一九〇三年最原始的飛機，到今天的大型噴射式客機，進步非常驚人。但有個最根本問題，還是沒有解決，那就是個人要如何飛上天？有沒有真正實用的個人飛行器。

我生性好奇，一向對各種新科技很感興趣，最近突然對個人飛行器有了濃厚興趣。花了些時間，找了很多網站，看到各式各樣的個人飛行器，其中有些個人飛行器很有趣。比如由邁克爾・莫什爾發明，加州Trek Aerospace公司生產的SoloTrek（獨牛）XFV，是種小型雙槳直升機，綁在駕駛員背上，時速一三〇公里。但這個最新飛行器接不到訂單，原型機已經在ebay拍賣。各種個人飛行器中，最可能商業化，即將上市的，是AirScooter II（空中機車II）。

這台空中機車是Elwood G."Woody" Norris（大陸翻譯為艾爾伍德・諾里斯）發明。重量約一三六公斤，時速約一〇二公里，預定售價約五萬美元。在美國飛行不需要飛行執照。預計二〇〇五年底上市，由內華達州的Henderson公司生產。

由AirScooter II（空中機車II）的圖片看來，這台空中機車，上面有兩組螺旋槳（雙旋翼），駕駛員戴著頭盔，坐著駕駛，下面左右各有一個大浮板。（圖片請參考：http://wangchiahsin.blogspot.com/2006_07_16_wangchiahsin_archive.html）。

現在已經是二〇〇六年七月十六日，還沒空中機車上市消息，或許還有技術問題未能解決。如果這台空中機車真的能上市，而且大量生產，降低成本，那必然會改變人類未來生活型態。

如果售價能降到二萬美元左右，和一般汽車售價差不多，可能會引起搶購熱潮。如果安全性百分之百沒問題，噪音降低，駕駛座上面再加個罩子，不怕日曬雨淋，那銷路會更好。或許將來會家家有一台、數台空中機車。

早上爸爸要上班，走到樓頂，騎上空中機車，半小時就到公司樓頂下降，完全不怕塞車。媽媽要去市場買菜，騎上空中機車，到超市樓頂下降，買完菜再飛回家。哥哥要上學，騎上空中機車，到學校樓頂下降。假日出遊，一人一台空中機車，直接飛到風景區。這些幻想還真吸引人，或許有天會實現吧。

下面這個網址：http://www.airscooter.com。有AirScooter II（空中機車II）試飛影片及詳細介紹，可參考。

又：二〇〇五年三月八日TVBS新聞曾報導：彰化一家直升機公司，改良的最新直升機，重量一八〇公斤，預定售價約一二〇萬台幣。另外，台中有家緯華航太公司，生產各類直升機，網址是：http://www.lasi.com.tw/pbt03.htm。台中科學園區還有家祐祥直升機股份有限公司，專門生產小型直升機，還有研發中心，網址是：http://www.yoshine.com.tw/e-yx24.htm。

（九十五年七月十六日）

補記：經請教祐祥直升飛機股份有限公司林董事長後，才知道TVBS報導的彰化直升機公司，就是祐祥直升飛機股份有限公司。

直升機公司

幾年前，我對個人飛行器很有興趣，搜集些資料，寫了篇短文「淺談個人飛行器」。在文章結尾，我提到台中有兩家直升機公司，專門製造直升機。

五月十五日下午，陳子龍老師來辦公室聊天，陳老師喜歡玩動力飛行傘、動力滑翔翼。聊天中，我提到我的文章，又和陳老師瀏覽直升機公司網站。我隨口說，如果他要去參觀，通知我一聲，順便一起去。陳老師效率真高，立刻打電話給直升機公司，約好明天下午去參觀。我說：「老婆沒去過，可能想去。」陳老師欣然同意。

第二天下午，我和老婆、陳老師準時到了台中科學園區祐祥直升機公司門口。公司主建築體，是個大型黃色球型體，是巨蛋建築。

採購經理在巨蛋建築門口迎接我們。進入巨蛋建築，裡面有三、四層樓高，是綠建築，能節約能源，非常特殊。經理介紹公司現況，我們也說明來意，只是想參觀一下。

過了些時間，公司林董事長回來。林董事長談到創業經過、公司現況、飛行知識。陳老師有飛行經驗，又有飛行教練證，對飛行很瞭解，和林董事長有很多可聊的。我和老婆可是外行，完全不懂飛行，只有聽的分。

簡介公司現況後，林董事長帶我們去機棚參觀。裡面有架很漂亮的雙人座直升機，我第一次近距離看直升機。

從聊天中，得知林董事長是俄亥俄州州立大學博士，原來學的是英語教學，在美國教美國人英文。對直升機有興趣，研究直升機多年，花了很多錢。

一九九二年回台灣，先是在緯華直升機公司任職，後來獨資成立祐祥直升機公司。並在逢甲大學航太系兼課，教「直昇機設計與飛行」。

我覺得林董事長親切隨和，又有直升機專業知識，如果能請林董事長到學校演講，學生可增廣見聞，受益很多。於是，冒昧提出演講要求，林董事長爽快答應，隨即敲定時間，決定演講題目。然後，我們就告辭了。

一架單人駕駛輕型直升機目前大約要十萬美元，量產之後，可能降到一〇〇多萬台幣。民用航空法已修改，第七條允許個人自備航空器。祐祥公司有「飛訓中心」，上完課，取得飛行操作證，可以購買直升機。我不敢奢求擁有自己直升機，只想或許有一天我可以租或坐直升機，在空中飛翔。

祐祥公司有網站，裡面有詳盡介紹，網址是：http://www.yoshine.com.tw。有興趣的人，可以瀏覽網站。

（九十七年五月十八日）

FMS模擬飛行

前些日子，去參觀直升機公司，老板介紹FMS模擬飛行。在公司看到的是大螢幕、配合音效，覺得很逼真。一問價錢，軟體加遙控器要八八〇元，不算太貴，就掏腰包買了一套。

回家將軟體裝好，又照說明書設定好遙控器。右邊搖桿控制油門，左邊搖桿控制起降、方向。弄好後，開始試玩。剛開始時，不習慣操作搖桿，常常摔機。多練習幾次，比較順手。家裡電腦螢幕小，比較不逼真，但還可以接受。

FMS可以選飛機、場景，軟體預設了多種飛機、多個場景。大致上大飛機比較好飛，小飛機次之，直升機最難飛。飛大、小飛機都沒問題，飛直升機幾乎都是一起飛就墜毀。

飛了幾天，孩子看到，極有興趣。哥哥妹妹搶著玩，只有一個遙控器，兩個孩子輪流玩，墜機三次就換人。看著孩子玩模擬飛行，一再墜機，突然想到，既然飛機可以起飛，應該也可以降落。我只顧著起飛，忘了降落，飛機不可能一直在空中飛，總是要降落。

於是飛機起飛後，我試著降落。我發現降落比起飛難很多，必須動作很輕，要拿捏的正好，稍微一不小心，就會墜毀。還好我設定了自動起始，一墜毀就會出現新飛機。經過多次練習，大飛機終於能降落、再起飛，小飛機、直升機還是一降落就墜毀。

原來的軟體中有十多架各式各樣飛機，又有不同場景，玩久了有點膩。我上網去找FMS資料，發現有不少人玩FMS，有網站賣FMS遙控器，軟體是免費的。

找來找去，找到個日本網站。裡面有很多飛機，很多場景，可以自由下載。我下載了比較特殊好玩的飛機（包含音效），孩子看了很喜歡。

熟能生巧，玩久了就熟練，直升機也能起飛、降落了。我開始注意軟體的選項，發現可以顯示高度。我選了這選項，螢幕左上角就出現高度。大飛機飛的慢，慢慢飛高，飛到二〇〇多公尺，進入雲層，隨即穿越雲層，繼續高飛。要飛很久，才飛到一〇〇〇—二〇〇〇公尺。小飛機、戰鬥機飛的快，一下子就飛到四〇〇〇—五〇〇〇公尺。有次妹妹飛隱形飛機，一下子竟然飛到幾萬公尺。

我在電腦上花的時間很多，大都是上網搜尋資料，很少玩電腦遊戲。不過FMS是很特殊的遊戲，也是種訓練軟體，可訓練操控能力，寓教育於遊戲中，和純粹遊戲不同。但還是要有節制，不要玩物喪志。

玩FMS時，我也注意網路上相關訊息。我發現有種飛行遊戲，可以看到飛行儀表。也發現有很多二動、三動、四動的室內遙控直升機，約一〇〇〇元左右。甚至還有遙控蚊子，可以在室內飛翔，不過這是另外一領域了。

（九十七年七月十三日）

好玩的事

每天早上打開電腦收信，常會收到些轉寄的電子郵件。這些電子郵件，有些是文字，有些是圖片，大都很精采。從這些轉寄來的電子郵件中，我知道許多新知識，學到許多新事物，裨益極大。

昨天收到封電子郵件，打開一看，是件蠻好玩的事，但又覺得不太可能。寄信的人提到他對別人講這事，幾乎每位聽到的人，都不相信，認為那會有這種事。一試之下，才發現果然是真的，都大呼神奇。

到底是什麼事呢？簡單說，就是用大哥大配合遙控器開車門。用遙控器開車門是很普通的事，但配合大哥大，就有點神奇了。配合的方法很簡單，開車又有大哥大的人一學就會。

有些車子用遙控器開門、關門，萬一不小心遙控器忘在車子裡，或是遺失了，車門打不開，怎麼辦呢？先不要急著找鎖匠，這時用大哥大打回家，請家裡人找到備份鑰匙，然後把備用鑰匙放在電話筒的下方按幾下，在車旁的人把大哥大靠近車門鑰匙處，就能把車門打開。我覺得這方法很不可思議，非要找個機會試試看。

下午開車出門，我就請老婆幫忙做實驗。老婆帶著汽車鑰匙走遠一點，然後撥大哥大，我接起電話，把大哥大靠近車門，果然車門就神奇的打開了。這方法真的有效。老婆覺得很有趣，到外面後，又試了一次，真的可以用大哥大配合遙控器來開車門，沒有距離的限制。

本來電子郵件上說的是，一方用大哥大，另一方用家裡電話。但我們實驗時，雙方都用大哥大，也可打開車門。

剛開始覺得這種事很神奇，後來仔細想想，遙控器本來就是送出某種信號，打開車門。現在只不過是用大哥大傳送這種信號，似乎也沒什麼神奇，只是以前沒想到遙控器可配合大哥大來用。

又深入思考，引起我的好奇心，大哥大是否可配合其他設備，遠距離來遙控一些東西呢？或許已經有人想到利用大哥大遙控其他設備的方法了。

（九十五年三月十二日）

卷六　其他

雨

快下班了，收拾東西準備回家。這時，許小姐說：「外面下雨了。」打開窗戶，往外一瞧，果然下起雨了，路人都撐著傘。我先在辦公室穿上雨衣，再到停車場，騎機車回家。雖穿著雨衣，但迎著風雨，眼鏡、鞋子還是濕透。

不知何時開始，有個默契，下雨天回家，老婆會先放好熱水。等我一回家，脫下雨衣，馬上就上樓泡澡，老婆真體貼。男人總沒女人細心，有次是老婆冒雨回家，我卻沒先幫她放熱水，她就一直嘀咕，當然下次我就不會忘了。

星期一到星期五，上班的日子，討厭下雨，雨帶來很多不便。星期六、日，休假的日子，在屋裡聽著滴滴答答的雨聲，別有番滋味。看來，討厭雨或喜歡雨，要看時空的變化。

久旱逢甘霖，農夫是喜歡雨的。在久旱之後，土地龜裂，好像張著一張張小口，雨水落下，一張張小口貪婪的吸吮著，逐漸滿足了，閉起了小口，土地恢復生機。農夫看了，心生歡喜。

商人討厭雨吧！賣傘的商人，是個例外。台灣做生意，有淡季、旺季。五月、六月、七月、八月，都是淡季，所謂「五窮六絕七上吊八盤」。本來弄不清楚狀況，後來想起這四個月，正好是梅雨季、颱風季。一下起了雨，商人就皺起眉頭，長吁短嘆，出門的人少，營業額直線跌落。直到雨停，商人才舒展眉頭，露出笑容，迎接上門的客人。

小孩子心思單純，可不懂大人的盤算。小孩子都是喜歡雨的，有機會就要踏進水窪，愛那濺起的水花，忘了媽媽的棍子正在等候。不然摺隻紙船，放進水溝，隨水漂流，也樂的笑個不停。

宋末元初，詞人蔣捷有首〈虞美人〉，寫不同年齡，不同地方，聽雨的不同感受。詞的題目，就是〈聽雨〉。

這首詞我會背，詞曰：「少年聽雨歌樓上，紅燭昏羅帳。」這可是舒舒服服，躺在床上聽雨，旁邊有個紅粉知己，正所謂「人不風流枉少年」。這該是聽雨打在屋瓦的聲音。

「壯年聽雨客舟中，江闊雲低，斷雁叫西風。」這是要養家活口的年齡，為生計奔走他方，在旅途中聽雨，只見天際孤雁淒清的叫著。這該是聽雨落在水面聲音。

「而今聽雨僧廬下，鬢已星星也。」年老髮白，遠離紅塵，聽雨寺中，感受不同。「悲歡離合總無情，一任階前點滴到天明。」一夜未眠，聽雨落石階。但如果真無情，又為何一夜無眠，可見無情是假，有情是真。

如今，我已到聽雨僧廬下的年齡，然而俗事未了，仍在紅塵翻滾。或許有一天，我能擺脫世事，到「悲歡離合總無情」境地。

（九十六年六月十日）

等

等、等、等，現代人的人生，是等的人生，一輩子都在等。餐廳，吃飯要等。公車、火車、飛機，交通工具要等。超市、大賣場買東西，要排隊等結帳。郵局、銀行辦事也要等。假日看電影，排隊等買票。去遊樂區，排隊等著玩。看來日常生活，樣樣都要等。這些等，現代人已經習慣了，習慣之後，變成常態。

不同行業，等的也不同。公教人員等因奉此，等工作二十五年退休；農夫汗滴禾下土，等一季的豐收；工人操作機械，等成品完成；商人買進賣出，等獲利了結。這都是有結果的等。

無結果的等，最有名的是諾貝爾文學獎得主愛爾蘭劇作家貝克特的《等待果陀》，兩個流浪漢在等待果陀，果陀卻沒出現，也弄不清果陀是誰，會不會出現，這是毫無意義的等待。

所有等待中，我最怕等看醫生。倒不是看醫生這件事讓我害怕，而是等著看醫生，讓人受不了。最近去某家教學醫院看醫生，預約掛號是一〇〇號，早上九點多到，下午一點半才看到醫生。既然病人那麼多，醫院為何不多聘幾位醫生？難道病人時間就不值錢。不過，這還不是最誇張的，有次去某家軍醫院看病，一大早就去，等了又等，最後到黃昏時，才看到醫生。這是我這輩子，最長的等待。怕等的人，沒生病的權利。

有些事不等也不行，快也快不得，萬事總有一定程序。今天種果子，明天就開花，後天就結實，這是不可能的事。總是需要時間，需要等待。等待最能培養耐心了。

有個故事說，某位小孩遇到神仙，神仙給了他一個毛線團，只要一抽毛線團，時間就會很快過去，未來馬上到眼前。小孩想長大，一抽毛線團，果然長大了。想結婚，一抽毛線團，結婚了。想有孩子，一抽，有了孩子。想升職，一抽，升職了。想退休，一抽退休了。抽來抽去，抽到最後，毛線團沒了，一生就這樣很快的過去。人生最後的等待，就是臨終一刻。應該慢慢享受人生，不必急著渡過人生。從這角度看，等待的人生是幸福的。

等的時候可以做什麼？以前大概就是看看書，寫點東西，整理資料之類。拜科技發達之賜，現在可以做的事多了，更容易打發等待時間。等待時，可以打電話，聽MP3，聽廣播，看數位電視，玩遊戲機，用筆記型電腦上網，甚至可以收發電子郵件，或處理辦公室的事。利用等待的零碎時間，可以做很多事，等待不再讓人厭煩。

（九十六年七月廿二日）

時間之神

如果世界上真的有神仙，那最可怕的就是時間之神，祂不停運轉，帶走一切事物。嬰兒從滿地亂爬，長成英俊帥哥，是時間之神傑作；唇紅齒白少年男女，成了白髮蒼蒼、滿臉皺紋老人家，是時間之神傑作；眼看起高樓，眼看成瓦礫，是時間之神傑作；高山塌了，川流乾涸，是時間之神傑作；雄霸一時的大帝國，滅亡了，百萬雄師化成煙灰，是時間之神傑作。無人能停止時間之神腳步，誰能不怕時間之神呢？

忘了何時對時間產生興趣，或許是感慨時間的匆匆流逝，想要設法挽留時間吧！有了興趣之後，就開始去圖書館借有關時間的書，步入書店，去搜尋購買時間書，看到一本就買一本。不知看了多少本時間的書，但對時間之神還是一籌莫展，或許只要能善用時間，就夠了。

看了不少時間書，發現很多書中，談到善用時間的方法，就是做計畫。先把一天時間區分成幾單位，然後擬訂計畫，規劃出每個單位該做的事。這當然是個好方法，但我是比較隨性的人，要我天天做計畫，我會覺得很痛苦，不想受這種束縛。看了、買了許多時間書，對我似乎沒用。

不做計畫，也可以把時間管理好。最重要的是，把握住大原則，一定要先做重要事。一天也不必做太多重要事，只要做個二三件重要事，日積月累，會做完很多重要事。

每個人的時間都有限，事情那麼多，我們必須覺悟，絕對不可能做完所有事情，只能選擇。那當然要選擇重要事做，有所謂20/80法則，真正重要的事，就是那百分之二十。選擇正確，容易成功；選擇錯誤，就失敗。

常有人說：「時間就是金錢。」這兩者之間，有些共同點，卻又不完全一樣。金錢可以存在銀行中，留著不花，時間不同。每天早上起床，上帝就在我們人生銀行中，存入廿四小時或一四四〇分鐘，等著我們用，每個人時間都一樣，很公平。可是不管我們用或不用，人生銀行的時間都會快速消逝，到半夜十二點，人生銀行裡的時間，自動歸零。看來時間是稀有資源，遠比金錢重要。

在今天這時代，過去的時間似乎去的太快，未來的時間又太快到來，現在似乎變得太短暫。除非是隱居或退休，每個人都在忙碌中，希望不要由忙而茫，由茫而盲，忘掉為何而忙碌。

（九十七年三月九日。本文被收入高立圖書有限公司《大專國文選各學科特色選文〔別冊〕》。）

魔術

不分男女老幼，人人都喜歡看魔術，我也不例外。生平看的魔術不少，有些看過就忘了，有些印象深刻，久久不忘。

讀大學時有次逛夜市，看到個魔術表演。這表演很簡單，就是把點燃香菸放入握起的手掌，手一打開，香菸就不見了。等一下，又變出來。這是個普通魔術，為何印象深刻呢？因為我知道秘訣。當時和幾位同學一起看的，百思不解，還好變魔術的人，是要賣變魔術器具。有位同學花了錢買了器具，大家就知道秘訣了。方法很簡單，手上先握個小鐵管，香菸放進小鐵管中。小鐵管連著橡皮筋，和衣服後腰帶連著，手一放，就彈到背後去了。當然手法要快。

服兵役時，有次同樂會，有人表演露一手。只見他把報紙折了又折，又把報紙撕破一部分，本來以為他要表演把報紙復原。誰知突然之間，他就一手從報紙破洞中穿出，高喊露一手，果然是一手露出。這算是趣味，不算魔術吧！

還有次去爬雪山，晚上在三六九山莊有同樂會，有人表演魔術。他拿出個袋子，說裡面有各種動物，想看什麼動物就能看到什麼動物。大家很好奇，紛紛要看動物。他就把袋子給想看的人看，要看豬的就看到豬，要看狗的就看到狗，要看老虎的看到老虎。結果有個不識相的人，竟然喊出來，袋子裡有面小鏡子，大家才恍然大悟。很多魔術都是說破一文不值。

還有次就更妙了。那是在韓國華克山莊看表演。有位金髮美女表演魔術，我坐在舞台前面。她先在台上拿個木桶給大家瞧，裡面是空的。然後就把木桶拿給台下的我，我就呆呆站起來，手上抱個空木桶。我感覺木桶不是空的，裡面有東西在動。然後美女在台上，把一隻鵝放入木桶，再打開木桶，鵝不見了。然後美女到台下，打開我抱的木桶，裡面出現一隻鵝。我抱木桶代價，是一個吻，親在臉頰上。

上面提到的幾個魔術，都是我親眼看到，親身體驗的。至於電視上看的大衛魔術，也很神奇，有一次大衛表演在舞台上飛，真厲害。一山還有一山高，日本這幾年出現個天才魔術師Cyril，他不在舞台上表演，而是走在街上，走進店裡，在人群中表演，更是神奇。

我看過些他變魔術的短片，其中有一次表演太神奇，不知是怎麼變的。魔術師走到個風景區，先和人招呼，然後借了條大毛巾，正好可把人整個遮住。再來是把兩張桌子拼起來，桌子下面是空的。魔術師請人檢查桌面、地面，都沒問題。然後他站在桌上，用大毛巾遮在身體前面，然後將整條毛巾拉高連頭一起蓋住。突然之間人就消失了，毛巾飄到桌面，人不知到那裡去了，當場嚇倒很多人。

所有魔術都是假的，靠道具、手法、技巧，只是我們看不出破綻。如果魔術是真的，那就不叫魔術，叫法術、巫術了。

（九十六年三月十八日）

百字文

人的記憶非常不可靠。在我們腦袋裡的任何東西，包括想法、觀念、靈感、經驗、感觸、痛苦、快樂……，一定要用文字記下來。記下來之後，可以再增加、刪減、修改。如果不用文字記下來，隔一段時間，就會慢慢淡忘。

有些生活的雜感、經驗，雖不足寫成千把字的短文，但還是有記錄下來的價值。就把這些想法、感觸寫成百多字的筆記，取名為「百字文」。

巧妙方法

上了火車，發現自己位置已經有人坐著，要怎麼辦？方法很簡單。只要拿出你的車票，很客氣的說：「先生，請問我們票是否重號了？」一般狀況，對方都會道歉，站起來讓座。在戲院裡，也可用這方法。

只下一盤

學校有個同事是圍棋高手，有一次大家一起到某同事家玩。閒來無事，我就和他下盤棋。我當然不會笨到和他下圍棋，我們下的是象棋。只見他每走一步，和下圍棋一樣，要想很久。最後出乎意料之外，是我運氣好，竟然贏了。我不敢再下第二盤，因為我實力不強，第二盤準會輸，還是見好就收。

懶女人

有次和老婆聊天。我說：「聽說有些女人很懶，為了懶得洗杯子，竟然直接把奶粉倒入嘴裡，然後沖水喝下去。」隔了幾天，老婆說：「直接喝奶粉那招，還真方便省事。」原來她也用了懶女人的方法喝奶粉。

人的共同點

人不只是身體有許多共同點，在心理上也有很多共同點。比如趴在桌上午睡，有時會突然感覺踏空，猛然驚醒；半夜睡覺，有時會覺得自己很清醒，卻全身不能動，這就是夢魘；有時想事情想到正得意時，突然被打斷，要再想很久才會想起來。

電梯與高樓

天天擠電梯，直上高樓。但很少人想過：先發明電梯，還是先蓋高樓？翻開世界發明史，就可知道先發明了電梯，才開始蓋高樓。沒發明電梯前，最多蓋個五樓，就不能往上蓋了。再問個類似問題：先發明飛機，還是先發明高射砲？當然是飛機先。沒飛機前，何必發明高射砲。發明來自需求。

（九十五年五月十四日）

中部平埔族

今天（九十七年二月十七日）聯合報載：「拍瀑拉族後裔回沙鹿尋根」。看到報紙，想到幾年前我對中部平埔族，做過點研究，大略知道中部平埔五族的狀況。

為何會對中部平埔族感興趣？說來話長。我在台中地區住了四十多年，時間雖久，但對台中地區歷史，所知甚少。幾年前，突然心血來潮，想瞭解一下台中地區的歷史。

首先，想瞭解台中地區的開發史。於是，找了些資料，看了些相關書籍。最早接觸到的是張達京，台中北屯區、西屯區主要是張達京開發，功不可沒。我看了些談張達京的書，有正面的，也有反面的。去了神岡岸裡國小、岸裡大社舊居地，還去了萬興宮，看到二樓張達京的長生祿位。

由張達京開始，我對岸裡大社、巴宰海族有了興趣。再進一步，又對中部五個平埔族也產生興趣。去圖書館借書，又去書店買書，花了些工夫，對中部平埔族，終於有了些認識。

隔段時間，學校裡教師讀書會選讀了平埔族的書——白棟樑《平埔族跡：台灣中部平埔族遷移史》，由我來做導讀。為了準備導讀，我又搜集了些平埔族資料，甚至想寫篇平埔族的論文，但一向懶惰，拖著沒寫。

據我的瞭解，三〇〇多年前，鄭成功登陸台灣時，台灣島上早已有許多原住民。在高山上的，約可分成十族，就是所謂的生番。在平地的原住民，所謂的熟番，也可分成十族，而在中部就有五族。另外，還有所謂的化番，也就是水社番，居住日月潭的邵族。

中部五族，道卡斯族住在大甲一帶；拍瀑拉族住在清水、沙鹿一帶；豐原、神岡、潭子一帶是巴宰海族，其中最有名的是岸裡大社；台中南部是巴布薩族；台中東部、南投是洪雅族。

這些平埔族中，最有名的是巴宰海族的岸裡大社，勇敢善戰，曾經幫清廷平定吞霄社、大甲西社之亂，還幫忙打太平天國。清廷特別准許岸裡大社開墾台中盆地北部。張達京就是岸裡大社女婿，娶了頭目阿穆（或做阿莫）的女兒，設立六館業戶，用割地換水方式開墾台中盆地。

台中最早開發的是南屯區，雍正年間，由鄭成功部將張國首先開發，繼之者為平鴨母王之亂的藍廷珍將軍及其子藍天秀（日寵）；康熙年間，張達京開發北屯區、西屯區，今日西區尚有張廖家廟；東區、南區乾隆年間才開發。

中部平埔五族，和漢人接觸後，慢慢失去土地。在道光年間，透過水社番介紹，這五族移往埔里開墾。這幾年本土意識興起，平埔族開始受到重視，似乎變成顯學，研究者眾多，我只不過略有涉獵，所知尚淺。

（九十七年二月十七日）

李商隱的著作

生平最痛恨的事，就是寫論文，但有時被逼不得不寫論文。可以說，我的幾篇論文，都是逼出來的。尤其是關於李商隱的幾篇論文，更是為了升等，不得不寫，說來也很慚愧。

先談談我寫的第一篇李商隱論文：〈李商隱著作考〉。在寫這篇論文前，我已經花了半年多時間到各大圖書館搜集資料。還曾專程到台北住了幾天，去中央圖書館（現在的國家圖書館）搜集論文。台灣曾發表的論文，包含博碩士論文、升等論文，都搜集到了。大陸的論文，也幾乎搜集齊全了。

我本來是想研究李商隱的詩，可是在閱讀資料時，發現沒人研究過李商隱的著作，我就先寫了篇李商隱著作的考證文章。沒想到一發不可收拾，寫完這篇後，發現又有相關論文可寫。一篇一篇寫下去，最後竟然寫了七篇，結集成《李商隱叢考》，完全出乎意料之外。

一般讀者大概不會去看我論文，想找到這篇論文也要花點時間。我且把〈李商隱著作考〉內容摘錄於後，供讀者參考。

一、前言部分：義山勤於撰述，著作極夥，約有十六種，涵蓋四部。然多已散佚，今存者鮮矣。其詩集三卷，流傳至今，誦習不衰。文集久佚，朱鶴齡搜輯佚文，釐為五卷，錢振倫續為補編，稍復舊觀。《雜纂》一卷，不徒戲謔之資，亦富警世之言。凡此，皆為人所熟知也。義山他書，諸家圖籍，間有著錄，尚可知其名目。近人多箋釋其詩文，似無考其著作者。茲就書目所載，詳加鉤勒，得書若干，依四部之序，分述於後，並略作考證。

二、內容部分：壹、經部二種。《蜀爾雅》三卷（佚）、《古字略》一卷（佚）。貳、史部三種。《李長吉小傳》五卷（殘）、《使範》一卷（佚）、《家範》十卷（佚）。參、子部三種。《雜纂》一卷（存）、《雜稿》一卷（疑即《義山雜記》）、《金鑰》二卷（佚）。肆、集部八種。《玉溪生賦》一卷（殘）、《雜文》一卷（殘）、《李商隱文集》八卷（殘）、《樊南甲、乙集》（殘）、《別集》二十卷（可疑）、《詩集》三卷（存）、《桂管集》二十卷（佚）、《梁詞人麗句》一卷（疑）。

三、結論部分：綜上所考，共得經部二種，史部三種，子部三種，集部八種，都十六種。義山虛負高才，不用於世，奔走幕府，委身記室。乃黽勉述作，欲為名山之業，然又多散佚，不傳於世，可悲矣。

正如李商隱好友崔珏的詩句：「虛負凌雲萬丈才，一生襟抱未曾開」（〈哭李商隱〉）。李商隱因牽涉黨爭，在仕途上頗不得意，但正因他的失意，使他能有餘力從事文學創作，留下很多唯美的詩、文。那他的不幸遭遇，反而是後人的幸運。

（九十五年六月十八日）

研究包公

包公是清官的典型，正義的象徵。我非常佩服包公的廉潔正直，多年來，一直想研究包公。後來有機會休假一年，就以包公為研究對象，寫了篇論文，發表在九十一年十二月出版的《人文社會學報》創刊號。論文題目是：《宋史・包拯傳》疏證，從第三三頁到第五十頁，約有四萬字。

有關包公的資料並不多，而最重要的資料就是《宋史・包拯傳》。我就將〈包拯傳〉逐字逐句，作了疏證。同時並參考《包孝肅公奏議》、《包拯年譜》、《包拯研究》及大陸出土之吳奎〈包拯墓志銘〉等文獻，斟酌異同，解決〈包拯傳〉中諸多疑難問題。

今天流傳下來的包公主要資料，只有《宋史・包拯傳》、包公的奏議（《包孝肅公奏議》），沒有包公的文集、詩集。還有就是大陸近年發現的〈包拯墓志銘〉、包公妻〈宋故永康郡董氏墓志銘〉，以及包公後裔的墓志銘。另外，就只有些零星資料，散見筆記小說中。資料缺乏，使研究包公比較困難，研究的學者較少，相關著作、論文也不多。

搜集資料，深入研究《宋史・包拯傳》後，我發現包公是孝子，是良吏，是忠臣，也發現《包公案》等書都是附會。以下是我的四點結論：

一、包公是孝子。包公廿九歲舉進士，遲至三十九歲始正式出仕，即因孝養父母，不忍離別父母。數年後，雙親繼亡，包公廬墓終喪，猶徘徊不忍去，由此可知包公之孝順。故包公卒後，其諡號為孝肅，即表章其孝。

二、包公歷任要職，主要官職為監察御史、理財官，雖曾知天長縣、端州、揚州、廬州、池州，都是任滿即調職。包公除在天長縣，審盜割牛舌案外，實際升堂審案、判案，似乎不多。《宋史‧包拯傳》只載盜割牛舌一案，《包公案》等小說都不可信。

三、包公是良吏，有財經專長。包公曾任三司戶部判官、三司戶部副使、三司使，尤其在三司任職頗久。又曾任京東轉運使、陝西轉運使、河北轉運使、河北都轉運使，都掌理一路財賦。《包孝肅公奏議》中，亦多提及理財之事。包公之專長，似乎在理財，為專業之財經大臣。

四、包公是忠臣。包公自三十九歲出仕，迄六十四歲卒，一生皆在仕宦中渡過。而在漫長仕宦生涯中，發現的弊端，察知的民瘼，以及應興應革事項，包公皆一一寫成奏章，上疏皇帝。故包公著作唯有奏議，並無詩、文，與當時其他官員，大不相同。

除以上四點外，包公鐵面無私，耿直敢言，不畏權勢。一生為國為民，無一己之私，俯仰無愧天地，足為典型。另外，我還有五點研究心得，主要是發現《宋史‧包拯傳》一些記事的可疑及錯誤，已經寫在論文中，此處不再贅敘。

（九十五年六月十一日）

〈羿與嫦娥神話研究〉後記

兩年前，我休假了半年，休假回來要繳篇論文，我就寫了〈月亮神話傳說考辨〉。這篇文章是研究月亮神話，參考了些神話書籍、論文，大約寫了二萬字左右。本來想再整理之後，找個地方發表，後來事情一忙，也就忘了。

前幾個星期，接到同事電話，問我手邊是否有未發表的稿件，希望我能投到學校學報試試。同事一番好意，當然我不便拒絕，於是開始動手整理初稿。

原稿二萬字太長了，我決定分成兩部分。前面部分，是探討嫦娥奔月神話，約一萬多字，先修改發表；後面部分，是月亮神話，如吳剛伐桂、玉兔搗藥，也有一萬多字，等以後有機會，再修改發表。

前面部分，篇名改為〈羿與嫦娥神話研究〉，包含四節考證，兩節辨別，再加上前言、結論。共八部分。

除了前言、結論，其他六節是：貳、天神羿為日神考。舉出四個證據，推論天神羿的真實身分，應該是日神。叁、天神羿非有窮后羿辨。提出數點證據證明，天神羿和有窮氏后羿，是完全不同的兩個人。肆、嫦娥非常儀辨。舉出四點相異之處，認為還是分成兩個神話人物，讓嫦娥、常儀並存較妥。

伍、羿求不死藥考。只有后羿這種英雄人物，才能登上崑崙求到不死藥。陸、嫦娥竊藥考。竊藥真相是：日神是會死的，月神是不死的。柒、嫦娥奔月考。詳細解讀嫦娥奔月神話之後，發現其中有三種對立：背叛、忠誠的對立；死、不死的對立；後悔、不悔的對立。

正在努力修改論文時，很不幸我生病了，而且是肺炎。多年來，身體雖然不是很健康，但也沒有生過大病。偏偏這次感染了肺炎，除了身體不舒服外，還不時咳嗽。我就坐在電腦前，邊咳邊修改，苦不堪言。

我搬出了買的神話書籍、搜集的神話論文，一本本一篇篇的看，把一些資料增添到我的論文中。原來有三十個註釋，增加了二十五個，變成了五十五個註釋。又參考同事意見，刪除了一部分，增添了一部分。字數也由原來的一萬字，增加到約二萬字。還寫了摘要，又請妹妹把摘要翻譯成英文。

另外，比較麻煩的是，學校學報要求嚴格，格式要符合學報標準。我只好把註解改成隨頁註，版面也重新設定。原來我不會用Word的插入註腳及版面設定，後來自己摸索一下，也就摸到竅門，這算是意外收穫吧！

（九十五年五月廿一日）

新疆哈密日全食

幾個月前，同事廖藤葉老師告訴我，八月她要去新疆看日全食，當時我對日全食所知甚少。又隔了一段時間，廖老師找了幾位老師，想一起寫幾篇天文與文學的文章，投稿某月刊。我也是其中之一，我寫的題目和日食神話、月食神話有關。

我手上原來就有些月食神話的資料，卻沒有日食神話資料。為了寫這篇文章，我除了收集日食神話資料外，也必須弄清楚日食、月食形成的原因。我想在談日食、月食神話時，總要先談一下日食、月食的理論。收集、參考一些資料後，我終於弄清楚形成日食、月食的原因。簡單說，日食是太陽、月亮、地球成一直線；月食是太陽、地球、月亮成一直線。日食分成日全食、日偏食、日環食；月食分成月全食、月偏食。

在收集資料時，我注意到今年（九十七年）八月一日的日全食（沙羅週期一二六號）。日全食是罕見的天文景象，就特定地點來講，通常三〇〇多年才會看到一次日全食。這次日全食，最適合的觀測地點是新疆哈密縣伊吾市，已經有近萬人擁入伊吾市。

我在網路上搜尋八月一日日全食資料，看到的資料愈多，對這次日全食愈感興趣。這次日全食初虧在十八時〇九分；食既在十九時〇八分；食甚在十九時〇九分；生光在十九時十分；復圓在二十時〇四分。從十八時〇九分初虧到二十時〇四分復圓，整個日全食過程，約二小時。從食既到生光，月亮完全遮住太陽的時間在十九時〇八分到十九時十分，約二分鐘（實際是一分五十六秒）。日全食最長可到七分三十一秒。嘉義市天文協會等單位有日全食網路直播，我心想一定要準時看直播。

八月一日十八時左右，我坐在電腦前看網路直播。有兩個直播點，第一個點無法連上，我趕快連到第二個直播點，可以連上，但速度慢。我靈機一動，想到應該還有別的網路直播。既然日全食在新疆，我就另開一視窗，連到新疆電視台，果然有現場直播，畫面、聲音都很清楚。新疆電視台有兩個直播現場，一在烏魯木齊（蒙古語優美的牧場），只能看到日偏食；另一直播地點在阿勒泰，可以看到日全食。後來嘉義天文協會的網路直播斷了，我就一直看新疆電視台的網路直播。

剛開始是初虧，月亮慢慢遮住太陽。再來是食既、食甚，食甚時出現鑽石環。再來是生光，生光時，可看到日冕、日珥。在網路上，可以看到整個日全食，當太陽完全被月亮遮住時，真是罕見景觀。新疆電視台除記者在現場直播外，攝影棚中也有專家講解。攝影棚中主持人多次講到倍利珠，可是我不知道倍利珠在那。現場記者提到食甚時，可看到兩顆星星，專家說是水星和金星，可惜在網路上看不見。在現場有老師帶著學生做實驗，老師說當食甚時，現場溫度下降攝氏四度。

在網路看直播，就已經感受到日全食的魅力，如果是在現場看不知感受如何？等廖老師回台灣後，再向廖老師請教。

（九十七年八月三日）

天狗神話與日食、月食

很多民族認為是某種動物吞吃掉太陽、月亮，造成日食、月食。在中國古代，民間流傳的是天狗食日、天狗食月。這種說法不知起源於何時，不知何書最早記載。

天狗一詞，不見於五經。《爾雅・釋鳥》：「鵅，天狗」，是指食魚小鳥魚狗、水狗，並非食日、食月的天狗。

《史記・天官書》中有天狗記載，原文是：「天狗，狀如大奔星，有聲，其下止地，類狗。所墮，及炎火，望之如火光炎炎衝天。」大奔星是流星或彗星，天狗指的是天上凶星天狗星。

在古書中，有關於太白之精的紀錄。如清・李光地等撰《御定星歷考原》卷二：「〈洪範〉篇曰：『金神者，太白之精，白獸之神，主兵戈、喪亂、水旱、淫疫。』」明・徐應秋《玉芝堂談薈》卷二十：「太白之精，出則天下亂。」太白之精，就是金星。清・李鍇《尚史》卷九十四引孟康云：「星有尾，旁有短彗，下有如狗形者，太白之精。」可能因太白之精下有如狗形，所以太白之精會變成天狗。如《隋書・天文志》：「太白之精，散為天狗。」唐・瞿曇悉達撰《唐開元占經》卷八十六有同樣記載。宋・王應麟《六經天文編》卷上、明・王樵《尚書日記》卷一，都記載：「太白之精，變為天狗。」從這些書中，可見古代有太白之精變成天狗的傳說，這或許就是天狗的來歷。

《四庫全書》所收古籍中，均無「天狗食日」、「天狗食月」二詞。只有明・劉炳《劉彥昺集》卷四，出現「天狗蝕月」四字。此種現象，相當令人訝異。古人重視日食、月食，史書〈天文志〉中，對日食、月食都有詳細記載。「天狗食日」、「天狗食月」起源很早，不知為何許多古籍均未記載，可能是記載「天狗食日」、「天狗食月」的古籍已失傳。那麼「天狗食日」、「天狗食月」的神話，似乎一直只是靠民眾口耳相傳。

在《晉書》中提到「天狗星」；有人認為月中有凶神天狗，並認為月食是「天狗噬月」。天狗星出現，是不吉祥的事，國家將有戰爭。或許剛開始時是天狗星出現，帶來戰爭、災難，後來才變成月中有凶神天狗，形成「天狗食月」，又再演變成「天狗食日」。這當然是因為先民不瞭解日食、月食形成原因，才有這種說法。

還有一種解釋，天狗食月、食日，可能是因狗本性喜歡咬噬、亂吠，而產生的神話。在日全食的食既前，全食帶地區的狗都會亂吠一通，或許是少見多怪，或許是恐懼，或許是有某種感應；月食時，狗也是亂吠。日食、月食和狗吠之間，就有了關連，再一演變，就由日食、月食時狗吠，成了天狗食日、天狗食月。

另外，也有人認為天狗是二郎神的哮天犬，能食日、食月。還有種傳說，認為目連之母犯錯被懲罰，變成惡狗，這隻惡狗會吞吃太陽、月亮。這種種關於天狗的說法，都是神話思惟的產物。

（九十七年九月七日）

日食與日食在朔

從現代天文學知識，我們知道在太陽系中太陽只會自轉，約三十天轉一圈，地球、月亮會自轉，也會公轉。地球二十四小時自轉一圈，又會以橢圓型軌道繞著太陽公轉，約三六五天轉一圈，大約每天轉一度。月亮約廿九天自轉一圈，又會以圓型軌道繞著地球公轉，約廿九天轉一圈，大約每天轉十三度多。月亮自轉和公轉相同，都是約廿九天轉一圈。

農曆十五日，月亮是滿月，然後就以每天約十三度的速度，繼續公轉。等到公轉一八〇度時，也就是農曆初一（朔），月亮就轉到地球前面，變成太陽、月亮、地球的情況。

日食一定在農曆初一（朔）發生，一年有十二個月，有十二個農曆初一（朔），但並不是一年會有十二次日食。主要原因是月亮的公轉有個五度夾角。遇到朔日時，雖然月亮在地球前面，但可能太陽、月亮、地球並沒有成一直線，這時雖然太陽會照射月亮，月亮會有影子，但月亮的影子就會進入太空，不會落在地球上。必須要等到太陽、月亮、地球成一直線，月亮在太陽、地球中間，月亮遮住太陽，月亮影子落到地球上，才會發生日食。

發生日食時，月亮會遮住太陽。太陽直徑約為一三九萬公里，月亮直徑約為三四六七公里，太陽比月亮大四〇〇倍，照理月亮應該不會遮住太陽。但是因為太陽、月亮和地球的距離不同，月亮離地球比較近，約三十八萬公里，太陽離地球比較遠，約一・五億公里，兩者比例約一比四〇〇，正好和月亮、太陽直徑的比例相同，從地球上看，月亮、太陽直徑差不多大，這就是發生日食的原因。

月亮影子可分成本影、半影，當本影落到地球某區域時，該區域的人可以見到日全食或日環食，半影區域的人，只能見到日偏食。

在地球上，每年最少會有二次日全食，最多有五次日全食。日全食次數這麼多，應該能常看到日全食，為何日全食會是罕見天文景觀？主要有兩個原因，一是日全食常會落在海上、沙漠、高山，人跡罕至的地方。第二全食帶寬度很窄，只有二〇〇多公里，全食帶內的人，才可以看到日全食。因此，對同一地方而言，大約要三〇〇年才會看到一次日全食。

（九十七年十月五日）

《尚書》〈胤征〉辰弗集於房考前言

日食是罕見天文景象，其成因是太陽、月亮、地球成一直線，月亮在太陽、地球中間，月亮遮住了太陽。古人非常重視日食，遇到日食一定會詳細記錄。比如《春秋經》中，就記載春秋二四二年的三十七次日食。

中國最早的日食記載，則見《古文尚書》〈胤征〉。《古文尚書》〈胤征〉中說：「乃季秋月朔，辰弗集於房，瞽奏鼓，嗇夫馳，庶人走。」其中「辰弗集於房」這五個字，許多學者認為就是指日食。這五個字非常重要，如果這五個字是真的，那就是中國第一次日食紀錄，也是世界上第一次日食紀錄。這次日食時間發生在夏代仲康年間，被稱為仲康日食，也稱為書經日食。

目前所確定中國最早的日食，是《詩經》〈小雅・十月〉記載的日食，時間是西元前七七六年九月六日。國外最早的日食紀錄是西元前七六三年六月十五日，在巴比倫發生過日全食。《古文尚書》〈胤征〉記載的日食在西元前二〇〇〇年左右，遠比《詩經》日食、巴比倫日食要早上千年。

中國古代的天文資料相當混亂，爭議很多，眾說紛紜。比如夏代是否能推算預報日食？「辰」字、「弗」字、「集」字、「房」字，究竟要如何解釋？這些問題都有待釐清。「辰弗集於房」的真偽，也是麻煩問題。至於仲康日食是在那一年？是西元前幾年？更是各家說法不同。

本文即試圖解決上述問題，針對這些問題，參考各種文獻，分析歸納各家意見，然後提出自己看法。我的見解或許能解決一部分問題，但想要解決全部問題，恐怕還有待日後地下的出土文獻，來印證古代文獻。

一些天文書籍會談到「辰弗集於房」，至於單篇論文方面，台灣似乎尚無人寫過。「仲康日食」部分，大概只有胡秋原寫過一篇〈書經日食與中國歷史文化之天文學性——論閻若璩之虛妄與李約瑟中國科學史天文篇〉。在中國大陸，沒人寫過「辰弗集於房」論文，只有一人寫過〈胤征〉論文，另有九篇論文題目中有「仲康日食」四字。這九篇論文最早一篇是一九九七年寫的，最晚一篇是二〇〇一年寫的。這九篇論文是：一、趙恩語，〈中康日食的認證〉。二、吳守賢〈夏代仲康日食記載再讀〉。三、吳晉生〈人類最早記錄的一次日食—中國夏代「仲康日食」〉。四、李勇、吳守賢〈仲康日食古代推算結果的復原〉。五、李勇〈《授時曆》與仲康日食推算〉。六、吳守賢〈夏仲康日食年代確定的研究史略〉。七、李學勤〈仲康日食的文獻學研究〉。八、何幼琦〈「仲康日食」辨偽〉。九、李勇、吳守賢〈授時歷議中的仲康日食記錄研究〉。經過努力搜尋後，終於找齊這九篇論文。

本文在撰寫時，參考了這九篇論文的論點，其中重要的部分，分別在各節引用。另外，題目中沒有「仲康日食」四字，但文章中談到「仲康日食」的論文，也有幾篇。本文撰寫時，除參考歷代的《尚書》、《左傳》注釋、論著及天文書籍外，在引用現代學者論文時，大都是引用大陸學者論文。

（九十七年十二月廿八日）

略談「清華簡」與《尚書》

二〇〇八年十月二十三日，中國大陸媒體刊登一個重要的學術消息，這是文史學術界一大喜事。遺憾的是，台灣各大媒體，似乎都沒刊登這消息。這個重大的學術消息，就是「清華簡」的發現。

「清華簡」約有二一〇〇枚，數量龐大，是戰國時楚國竹簡。最長的約有四十六公分，最短的不到十公分。文字清晰。不知何時、何地出土，沒有出土報告。目前只知道這批竹簡流落海外，被清華大學校友收購，二〇〇八年七月中旬捐贈給清華大學，被稱為「清華簡」。

負責整理這批竹簡的是大陸知名歷史學家李學勤教授。李教授是清華大學教授，曾任夏商周斷代工程專家組組長、首席科學家，現任清華大學出土文獻研究與保護中心主任。李教授所寫著作、論文很多，我看過李教授寫的《尚書》論文，很佩服李教授的博學。

據大陸媒體報導，「清華簡」大略情形如下：一、這批竹簡保存良好。二、主要內容是《尚書》。三、竹簡上應該是楚國文字，釋讀困難，要花不少時間。

「清華簡」最重要的是其中有《尚書》資料。秦始皇焚書之後，《尚書》失傳。秦博士伏生曾將《尚書》藏在牆壁中，後來發現所藏《尚書》，只剩二十九篇。朝廷派晁錯去鈔錄，伏生已九十餘歲，由孫女轉述，晁錯以隸書寫下，是為《今文尚書》。

後來魯恭王壞孔子宅，在牆壁中發現《尚書》（可能是孔鮒所藏），以科斗文書寫，比《今文尚書》多十六篇，是為《古文尚書》。孔安國整理後，可能由家人獻給朝廷，遇巫蠱之亂，其書散佚。後有張霸偽造百篇《尚書》。東晉元帝時，梅頤（字仲真。段玉裁、朱駿聲認為名頤的人字真）獻《尚書》五十八篇，其中有廿五篇，說是《古文尚書》。

明代梅鷟作《尚書考異》，考辨《古文尚書》，指出作偽痕跡。陳第作《尚書疏衍》，駁斥梅鷟之說。至清代時，閻若璩舉一二八條證據（今傳《尚書古文疏證》中只有九十九條），考證《古文尚書》為偽書，毛奇齡作《古文尚書冤詞》駁斥。這幾年，有些大陸學者如張岩、劉義峰、離揚，重新檢討閻若璩的證據，認為《古文尚書》並非全部是偽書。

今文經、古文經爭執最厲害的就是《尚書》，已經吵了上千年，還是無法解決問題。王國維曾提出二重證據說，書面資料尚須出土文獻來佐證。這批「清華簡」就是出土文獻，或許可以瞭解《尚書》真相。

出土文獻非常重要，可以解決很多古代文獻的問題。中國大陸這幾年發現的「郭店簡」、「上博簡」，都很有價值，台灣學者無法直接接觸這些出土竹簡，真是遺憾。

（九十七年十一月十六日）

國家圖書館出版品預行編目

萬里雲開 / 王家歆著. -- 一版. -- 臺北市 :
秀威資訊科技, 2009.05
面 ;　公分. -- (語言文學類 ; PG0254)
BOD版
ISBN 978-986-221-218-9 (平裝)

855　　98006634

語言文學類　PG0254

萬里雲開

作　　者 / 王家歆
發 行 人 / 宋政坤
執行編輯 / 林世玲
圖文排版 / 黃莉珊
封面設計 / 陳佩蓉
數位轉譯 / 徐真玉　沈裕閔
圖書銷售 / 林怡君
法律顧問 / 毛國樑　律師
出版印製 / 秀威資訊科技股份有限公司
台北市內湖區瑞光路583巷25號1樓
電話：02-2657-9211　傳真：02-2657-9106
E-mail：service@showwe.com.tw
經 銷 商 / 紅螞蟻圖書有限公司
台北市內湖區舊宗路二段121巷28、32號4樓
電話：02-2795-3656　傳真：02-2795-4100
http://www.e-redant.com

2009 年 5 月　BOD 一版
定價：330 元

讀　者　回　函　卡

感謝您購買本書，為提升服務品質，煩請填寫以下問卷，收到您的寶貴意見後，我們會仔細收藏記錄並回贈紀念品，謝謝！

1.您購買的書名：______________________________

2.您從何得知本書的消息？

☐網路書店　☐部落格　☐資料庫搜尋　☐書訊　☐電子報　☐書店

☐平面媒體　☐ 朋友推薦　☐網站推薦　☐其他__________

3.您對本書的評價：(請填代號　1.非常滿意 2.滿意 3.尚可 4.再改進)

封面設計____　版面編排____　內容____　文/譯筆____　價格____

4.讀完書後您覺得：

☐很有收獲　☐有收獲　☐收獲不多　☐沒收獲

5.您會推薦本書給朋友嗎？

☐會　☐不會，為什麼？______________________________

6.其他寶貴的意見：______________________________

____

____

____

讀者基本資料

姓名：____________________　年齡：______　性別：☐女　☐男

聯絡電話：________________　E-mail：____________________

地址：______________________________

學歷：☐高中(含)以下　☐高中　☐專科學校　☐大學

☐研究所(含)以上　☐其他______________

職業：☐製造業　☐金融業　☐資訊業　☐軍警　☐傳播業　☐自由業

☐服務業　☐公務員　☐教職　☐學生　☐其他__________

請貼
郵票

To：114

台北市內湖區瑞光路 583 巷 25 號 1 樓

秀威資訊科技股份有限公司　　收

寄件人姓名：

寄件人地址：□□□

(請沿線對摺寄回,謝謝!)

秀威與 BOD

BOD（Books On Demand）是數位出版的大趨勢，秀威資訊率先運用 POD 數位印刷設備來生產書籍，並提供作者全程數位出版服務，致使書籍產銷零庫存，知識傳承不絕版，目前已開闢以下書系：

一、BOD 學術著作—專業論述的閱讀延伸
二、BOD 個人著作—分享生命的心路歷程
三、BOD 旅遊著作—個人深度旅遊文學創作
四、BOD 大陸學者—大陸專業學者學術出版
五、POD 獨家經銷—數位產製的代發行書籍

BOD 秀威網路書店：www.showwe.com.tw
政府出版品網路書店：www.*gov*books.com.tw

永不絕版的故事・自己寫・永不休止的音符・自己唱